Father and Son Night Chats

父子夜谈

王以培 著

作家出版社

目 录

上篇

下篇

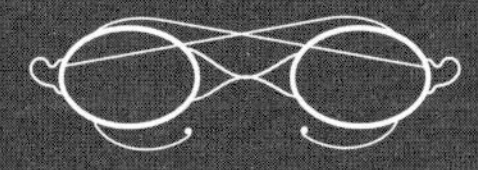

上篇

父子夜谈

引 子

上午九点，整个上海最安静的地方大约是在和平医院的产房门前，绿椅子上坐着十几位“家属”——不是病人家属，是产妇家属；他们的家庭马上就要增添新的成员。是男孩、女孩？剖腹产，还是顺产？人们悄悄议论着……在我们这个时代，上海如在海上，宦海沉浮，商海沉浮，每个家庭都像一艘动荡不宁的船；只是到了此时此地，它们都不约而同地静下来：船静下来，海静下来，波浪重新恢复湛蓝，湛蓝的海，映着深邃的蓝天。

有一位父亲此时正在等待，说他是父亲，他还在父亲和准父亲之间；这些年他一直在海上漂泊，漂到不惑之年，忽然停下来；停在产房门前，听见寂静中传来“第一声”啼哭，好像童年时睡梦中听见的一声蝉鸣，他想给孩子起名叫醒蝉，又不确定，而他自己已失去姓名，因为从此有了一个光荣的称号，叫父亲。这是他做父亲的头一日。

“九床家属！”护士在玻璃窗前叫道。

“在！”父亲抬头，看见玻璃窗后面一个花眉细眼的孩子，湿漉漉的身躯裹着一层胎脂，白里透红，好像刚从雪地里挖出来，身上冒着热气，沾着天地间的泥和雪。

“生了个小弟弟，七斤一两，九点零五分生出的。”护士吐字清晰，没有一个多余的字，把父亲想知道的全都说清楚了。

不一会儿，产房里推出一辆车和一个小摇篮。车上躺着母亲，小摇篮车里躺着花眉细眼的小男孩儿。父亲赶紧跟上去，一路上问：“哭了没有？没什么问题吧？长得像谁？”

戴口罩的护士眨着一双漂亮的大眼睛，批评道：“光顾了孩子，也不问问母亲？”

“母亲天天见，孩子第一次见啊。”父亲脱口而出，但与此同时他就后悔了，他为说这样的话而羞愧——虽然母亲并不在意，也没有精力去想那些。

好像孤舟在荒岛上搁浅，母亲已用尽了最后一丝气力，不是么？父亲心里最清楚：她进去时红光满面，两眼发光；出来时面如死灰，一丝笑容也看不见。因疼痛、失血，母亲还来不及微笑，来不及喜悦，身体虚得像一叶纸船，单薄、惨白。

可就在这一瞬间，父亲重新认识了母亲——天天见面的夫妻仿佛第一次相见。

就在这一刻，父亲重新认识了母亲、生命，重新发现了未知和已知的世界。

第一夜 ——— 前世与时间

手推车与摇篮车一大一小，穿绿衣与穿白衣的两名护士推着母与子两个生命，两个世界。从三楼手术室乘电梯到八楼病房，一共不过两三分钟时间，许多白天聚在这两三分钟里面，“父亲”的白天，白如飞雪——

许多红尘，纷纷落地，化为烟尘；空气忽然间变得清新怡人。且不说母亲在生出宝宝之后身心的变化，婴儿来到这世界的新奇与惊讶，就说父亲本身，也未曾料到自己会有一种脱胎换骨的感觉——从三楼到八楼，生命上升了五重天！

白昼乘着雪橇在窗外滑行；忧郁不知被哪儿来的一股重力沉入脚底，被埋进土里，沉入海底。假如这世界真有魔鬼，那它今天一定被捆上了一个磨盘，推进了深水里；它命运如何，今天没有人关注。父亲只关心孩子和母亲。

而在夜晚来临之前，父亲已感觉到婴儿眼中的黑夜：凌晨四点，黑暗中透着即将到来的黎明，模模糊糊的微光在婴儿的眼球里旋转，父亲用心观察，用心感知，才发现那是一个未知的世界。

——快告诉我，孩子，你的眼睛里转着什么？来到这世界，你为什么还不睁开眼睛？你就放心说话，我是你父亲，能够听懂你的心思，听清你所有无声的言语——

婴儿有一种语言，来自天国，只有用心的父母才能听清；因为在你的血管里流着父母的血，我只需通过一滴血，就能穿过你的心脏、头脑，流遍你全身，发现你全部的隐秘。当然我知道这是一种幻想，可是这种幻想里包含着幻觉、幻听，我们不通过它，还通过什么交流呢？而有了它，我们的交流还会有任何障碍吗？只等夜深人静，只需夜深人静。

父亲光顾着自己说话；在他不经意时，婴儿已经开口，好像时断时续的蝉鸣——

——你这儿是白天，我这里漫漫长夜还没有过去；不睁眼，因为在回想原先的时间。

——原先的时间有多长？

——原先的时间是瞬间的漫漫长夜；它长到超过全世界的江河全部连接起来；它的年头比全世界所有沙漠中的沙砾加在一起的数量还要多出不知多少亿年，多少亿倍；它的深度超过无数梦幻可以想象的深度的总和……而无论如何，它就是一眨眼。

——是啊，从你这里，父亲眼含热泪望着自己的孩子；像个蹒跚学步的孩子，望着海边森林里走出的灵性导师，尽管这位导师身长一尺五，还不能站立，只好躺着，还不能睁开眼睛，就干脆闭着。

——瞬间的长夜有多长？这是人类至今无法测量，甚至无法想象的问题。可每个人都曾亲身经历，只是遗忘了。孩子用怕光的眼球说着，一边说，一边颤抖。因为初来乍到，对这个世界还不适应。然而他接着说，我来就是提醒你记得：我也是你，和我交谈，你会听见重生的自己内心的回音。

——太好了！父亲说道，你的确唤醒了我曾经历过的最深处的记忆。可即便如此，它只触及到幽暗沧海的黑色边缘，而那茫茫深海，无尽的夜色，人世间谁能企及？

——都在我这里。儿子回答，说完他眨了一下眼睛，许多海水涌向大地。

——你是说，你这小不点儿，带来了茫茫无尽的幽深大海，人类诞生之前宇宙洪荒的全部秘密？

——是啊，人类与宇宙间的奥秘永远擦肩而过，那不是因为宇宙飞船飞得还不够远，而是因为人类至今仍不了解自己。

——三百年前，就有一位哲人说过：“我觉得人类的各种知识中，最有用而又最不完备的，就是关于‘人’的知识。”而三百年后的今天，情况非但没有好转，反而印证了先知的预言：

"人类所有的进步，不断地使人类和它的原始状态背道而驰，我们越积累新的知识，便越失掉获得最重要知识的途径。"而当今的人类正是如此：各方面的知识都在"爆炸"，唯有关于自身的知识仍在萎缩，心灵日益扭曲。而科学技术的高度发展，不仅没有给人类带来和平的曙光，反而增添了战争，甚至互相毁灭的威胁。而你来，和所有婴儿的降生，却仿佛冬天落雪，夏天降雨，都是上天给人类送来新的希望与生机。

——是啊，可我这小小的希望送入大千世界，又能带来怎样的改变？我是如此孱弱渺小，一只老鼠，一阵恶浪妖风都能夺去我的生命。

——可是你来，让我更加警醒；正如你提醒我人间的根本道理，唤醒我潜藏的心智和回忆。从我这里，我会尽力抚育、保护你，如看护葡萄园里，生命树的果实和根茎。有我在，别说是老鼠，天上的猛禽、地上的走兽都伤不了你；何况有了你，你的父亲从此获得更强的力量，更大的勇气和信心。

——父亲啊，不要跟我说太多人间的事情，我刚从天国来，失去的乐园还在我眼中心里，让我稍稍回味回忆。一到人间，我的记忆立刻变得模糊不清，心智也急剧衰退，就像明晃晃的镜子上，沾满了露水。

——趁着现在，你前世的梦还没有醒来，快告诉我，孩子，你的前世是谁，你来自哪个朝代，那里是怎样的情景？

——透过模模糊糊的光影，一个个大大小小、红红绿绿的光圈与漩涡，我看见一片幽暗的海水；金翅鸟与星辰一起在夜空闪烁翻飞；海水渗入公牛般俯卧的土地，从牛角浸入牛的身躯，然后进入一根毛细血管，哦，那该是一条微红的溪水，水边是一片田地，溪水背后的地势是“九龙捧圣”，九座山冈托起一条长流的溪水。

——果然，我去过那里，父亲用心找到的圣土，居然还是孩子前世的出生地。我的孩子，你并不像你父亲那么多愁善感，你眉头紧锁又舒展，握着小拳头伸开手臂，然后又陷入沉思，看上去还真像一位雄才大略的将军。

——我是被你找到的，或是江水被你感动，将前世在将军岩落难的将军转世投胎送给你？我的父亲，我的前世，因不堪忍受暴君的独裁统治而起兵造反，在一次战役中弹尽粮绝，退守荒山，将所有金银珠宝装进炮膛，轰炸敌军，而那座山日后就成了金子山，而我纵身一跃，跳下万丈悬崖，接住我的岩石，从此就叫将军岩。

——将军岩复活的孩子呀，愿你此生平安，将前世轰轰烈烈，化成和风细雨。

孩子笑了。父亲这样寻思；也不知是婴儿的言语，还是父亲的心思；父亲总是不停地观察思索，直到婴儿眉宇间，展现出一幅长江边的山水——“白水溪……”他说着，吐出一口羊水。

夜幕降临，是人间夜色。上海的灯火，今夜变得模糊不清，浑浊的空气在纷乱的灯光里颤抖，伴随着医院里婴儿的战栗……

“护士快来看啊！”父亲急切地问，“他不停地发抖，怎么回事？”

“正常现象，不用去管！”护士一边回答，一边麻利地给躺在床上脸色依然苍白的母亲换了一瓶盐水。

——父亲呀，你快看，在我身边的摇篮车里，别的婴儿也像我一样不时地颤抖，一阵轻微的脚步，或一丝风吹草动，都会让我们抖个不停……

——看见了，我的孩子，你们的颤抖，让父亲心惊肉跳，你们刚到这世界竟如此惊恐不安？

——是呀，我们刚离开温暖的母体，听不见母亲的心跳，又失去了五光十色的羊水——羊群在溪水边吃草，紫金色的葡萄挂满树枝，树下流着奶和蜜，这样的情景瞬间失去，落入深渊……然后就看见医院冰冷的手术室、惨白的墙壁、动荡的走廊、电梯，窗外混沌的夜色……婴儿说着，又抿了抿嘴，继续说道——是的，母体中的美景远比你们所能想象的更多更美，若我能说出我这一天的经历，人类的哲学与宗教都将全部改写，若我能回忆起我的真正来源和十个月以来在子宫中的全部经历，人类再不用制造飞船去外太空探寻宇宙的奥秘。我的从无到有，包含着宇宙和人类的起源，包含着无限的过去与无尽的将来，包含着时间之内之外的时空与种种无限的界限，生死轮回的奥秘……而我的记忆，我的颤抖，你们视而不见。好一个“正常现象”，扼杀了多少婴儿的呼吸与挣扎，呐喊与希冀！我不说了，夜色来临，你们人间的夜色都这样昏暗而浑浊不清？

——是啊，与你在子宫里看见的有什么不同？

——完全两样：子宫里的夜色清澈透明，没有上下左右，不分昼夜天地，一切都浑然一体，只有母亲的心跳像太阳一样发光发热，生出源源不断的希望和美；仿佛河上波光，遇见星辰日月，鱼鸟在同游同飞。可人类并不关心这个世界，我刚来，当然不适应。

这个婴儿开口，那个婴儿回应，他们一起哭，一起颤抖；但护士小姐从旁边经过，白色的帽檐下面，划过黑黑的眉头，冷冷的眼睛。这是一道柳叶眉，一双相当美丽的、水汪汪的大眼睛；可对于人间的女性美，新生儿一时还不能接受，不能适应。

——我们只是习惯于用心看水，用梦欣赏飞鸟鱼群，用脐带和血液汲取母亲赐予的天地间的营养与灵性，对于人间一切的一切，都还看不懂，也不适应。

儿子说着又抖了一下，抖得父亲心痛不已。这时，母亲醒来，仿佛是被婴儿的战栗惊醒，苍白的脸上露出做母亲的第一缕笑容。

——让我看看。母亲说，我还是不敢相信这个小东西是我生的，我能生出一个这么复杂、这么完整的小生命！

——对啊！父亲有所觉悟，我们连他有几根血管、哪些内脏都不知道，更别说眼球的构造，血液、骨髓的成分，怎么能生出他来呢？一定是创造我们的造物主创造了他，所以我们只有感谢上帝。

儿子似乎听懂了，安心入睡。可没过多久，又猛然抖了几下。父亲在灯下仔细观察，望着他卷曲柔软的毛发下面开阔的脑袋和红红的小嘴里含着的秘密，两股潮水正在婴儿体内激烈交汇：寒潮与暖流，人间与天国，黑暗与光明，它们渐渐融合……

夜色无边，沧海无垠。裂开的蚌壳涌出血丝，站立起一个血肉模糊的小生命。

孩子睡了。父亲心潮起伏，像一朵乌云守望着他。而孩子感受到的，只是一片阴影；云中面孔，他一时还看不清，却能感觉到一闪一闪的光影。

这是我儿来到人间的第一夜，父亲暗想，我明显感觉到他无依无靠、孤立无援；而我就在他身边，怎能让他继续吓得浑身颤抖，让他从一片温暖的天国乐园，瞬间掉进人间冰窟里，怎么办？第一夜如何给他依靠，给他安慰？

儿子在黑暗中喃喃自语：我正漂洋过海来到人间；虽然你们已经见到我，把我抱在怀里，可我进入人间的征途尚未完成，还差一夜。我的初夜也是最后一夜，告别了彼岸来到此岸，虽然已看见岸边发光的岩石，可是眼前依然是茫茫海水。

说到这里，他又一抖，小手猛地一抓，抓空了。父亲赶紧将一根手指伸给他。这样，儿子的一只小手紧握着父亲的一根食指，当然他并不知道这是什么，只是抓得很紧。

婴儿一出生只有两样能力：一是吮吸，即吃奶的力气；二是握力，握住什么可以使他获得一丝依靠和安慰？

有了，就是这一根食指。父亲对孩子说，给你，握着你父亲吧！

病房里别的孩子还在睡梦中颤抖，如今惊心动魄的现象并没有引起重视。别人怎样，我们无权干涉，但是我的孩子，父亲今夜就伸给你一根手指，让你握着。

——有了。孩子舒展眉头，在暗夜微笑着轻轻说道，在漂洋过海的旅途中，我有了一根擎天柱，它撑开了天空的闪电、魔影。它也是一根定海神针，往海里一插，惊涛骇浪立刻平息。我撑着这根粗壮、温暖的长篙来了，身边的海水，连同海里的鲨鱼今夜都变得温顺、优雅，充满柔情……哎呀呀，我的好父亲！

第二夜——一哭就抱

当婴儿沉沉睡入人间第一夜，父亲开始思索人生的根本问题，许多想不通的难题一下想通了，许多明确的答案却又变得模糊不清……

熬夜原本是很辛苦的，何况熬的是父亲的心，但在这婴儿的第一夜，父亲的心却浸在蓝色的温泉里。婴儿吐一口奶，吐一口羊水；刚刚加的奶，母亲腹中的羊水。

平生第一次，父亲体会到世上什么是创造，什么是血亲；一会儿是父亲俯身看着婴儿，一会儿是婴儿自上而下，观察着摇篮里的父亲——你我本是一体，分开之后互为明镜：你看我，我看你。

然而就在父亲美美欣赏着自己的杰作，孩子忽然大哭起来。不一会儿，旁边的孩子也跟着一起哭。哭声像一架架小型直升飞机，上下盘旋轰鸣，父亲竖起耳朵倾听，平生第一次，他发现自己的耳朵有一种超常的分辨力。他甚至回忆起古代孩童的各种哭声（根据《说文解字》）——

呱，小儿哭声。从口，瓜声。诗曰：后稷呱矣。

啾，小儿声也。从口，秋声。

喤，小儿声。从口，皇声。诗曰：其泣喤喤。

咺，朝鲜谓儿泣不止曰咺。从口，宣省声。

咦，秦晋谓儿泣不止曰咦。从口，咦声。

咷，楚谓儿泣不止曰噭咷。从口，咷声。

喑，宋齐谓儿泣不止曰喑。从口，音声。

当各种“儿泣不止”连成一片，父亲由此懂得了天下孩儿，如何与父母心连心。而这时，父亲才发现，岂止是各国、各个时代的婴儿哭声不同，就是同时出生在同一产房里的婴儿哭声也千差万别，就是每一个婴儿的每一次啼哭也各有音色音调，包含不同的含义。而这一次我的孩子，你又在哭什么？哭声空空荡荡，仿佛洪荒时代的孤雁悲鸿，恓恓惶惶，失路失群。

父亲本能地将孩子抱在怀里——孩子刚吃饱（母乳尚未涌出，医院先加的奶）；掀开裤子，刚换的尿不湿干干净净。

——我的孩子，你为什么哭呢？

——想起前世今生。

孩子冷不丁哭了一下，一会儿又好了，安安静静地躺在父亲怀里——母亲剖腹产的伤口尚未愈合，不能动，也不能抱，只能听着看着，脸上流露出一丝幸福的苦笑。

“不能一哭就抱。”同屋一位产妇的母亲说，她刚做外婆，看上去饱经风霜，很有生活经验的样子。

“对，从小就要让他养成好习惯，自己睡觉。”旁边人又说。

可他们面前的孩子并不理会，“儿泣不止”，汇成超越时空的立体交响乐。

“忍着点。”老太太又说，“你现在抱他，将来可惨了。”

“对，忍着点儿。”旁边人又说。

大人们忍了一会儿，小孩儿果然不哭了。这一会儿有多久，在不同人心中，有不同的感受：有的只是一会儿，可对于这位敏感的父亲来说，这一会儿比一整夜更漫长。

“忍着点……”父亲心想。这“忍”字多么可怕，心字头上一刀。可为什么要插上这一刀，抱一抱新生儿何罪之有？

“你看他不哭了不是……”黑暗中又传来老太太沙哑的声音。

“唉，能不哭就好，好习惯从小养成。”另一个父亲的声音听起来很温和。

“睡着了吧？”父亲又问。

“不，我们绝望了。”婴儿回答，可只有幻听的父母才能偶尔听到。

——是的，他们绝望了。父亲怀里的婴儿开口说道，就因为我们是婴儿，不会开口只会哭，你们就这样欺负我们，无视我们婴儿这一点点可怜的要求。告诉你，我的父亲，我们哭，是想和亲人亲近。你想，刚刚来到这样一个与我们原先那个温暖的小世界有着天壤之别的大地方，我们是那么无助，那么弱小；没有人抱，怎么安睡？第一夜就睡不安稳，将来如何适应那么多的长夜黑夜与不眠之夜？而这一抱不要紧，我们对这个世界的初次惶恐立刻化解，冰雪消融，全靠春天般温暖的怀抱。最最重要的是，怀里有一颗温暖的心，在有力有节奏地咚咚跳跃，有如荒野中的呦呦鹿鸣，冰面下的汩汩温泉。你们以为只给了一点点，仅仅只是抱一抱，但这对我们来说，这一抱胜于日后的一百个春天。有多少心花瞬间绽放，重重阴影被暖风吹散；而这样的善举得反反复复，持续不断，因为我们不是大人，我们是婴孩儿，比孩子更胆小，比老人更需要温暖。

——但是不抱又怎样呢？那么多大人不都从小锻炼孩子，培养你们的独立人格、坚强意志品质吗？你知道，古希腊的斯巴达人，把刚出生的孩子就扔进雪地，虽然有的被冻死夭折，可大多数孩子不也一样存活下来，并在日后成为英勇不屈的伟大战士吗？父亲轻声问道。

——是啊，最绝望的战士最独立、最勇敢，就像山洞里的狮子、老虎，常常舔舔伤口，继续拼杀，夺取权力和地盘，可是我的父亲，你希望你的孩子将来成为怎样的人？希望我们的民族将来靠什么战胜敌人呢？儿子在冥冥中说，那无声的回答好像旷野上的回音。

——在人的世界里，最强大的是爱，而非虎狼的凶心。我的儿子，你可知道，你生于一个古老而伟大的民族，我们的祖先之所以受人尊敬，不是因为他们多么骁勇善战，而是因为他们宽容温和。我们的民族之所以能在漫长的腥风血雨中得以长存，不是因为我们像狮虎一样吃人或征服，而是因为我们含着玉的精神，水的气质；纯净高洁却处于人间低谷，不争而善胜。

——我们婴儿不都是这样吗，用湿软的身体和柔顺的心征服了大人，于是我们长大成人。

——可是成人之后就变了，许多民族变了，我们的民族许多人也变了，变得越来越凶险，丧失了本性，还认为自己越来越强大了。

父亲自以为说得很有道理，可孩子又忽然大哭起来。

——原来光抱还不行，还得哄着，亲亲，唱儿歌、讲故事，是不是？

婴儿不置可否，但很快就不哭了，沉沉地睡在父亲的怀里。

父亲抱着儿子在房间里来回走动，却发现门外走廊上还有好几个父亲和家属，也同样抱着哭哭啼啼的孩子来回走动，轻声哼着各种小曲。

——父亲啊，在你怀里我感到温暖又安全，这对一个婴儿来说有多重要，我一时无法说清……

——对啊，父亲说，我发现有的人一生拥有很多权力，很多财富，却始终没有安全感。而另一些人一无所有，走到哪里却感觉舒适又安全，就连冰冷的土地也会冒出热气来。这也许就是因为他们儿时的经历各不相同，感受也完全不一样吧。而人的性格，肯定是从婴幼儿时期逐渐形成的，除了遗传基因之外，一定还有很多后天因素：比如从小哭死不抱，日后又过早地感觉到生活的贫寒和辛酸，这都将对孩子的性格产生深刻的，甚至决定性的影响和改变……可是生活果然贫寒怎么办呢？大人们除了设法改变，是否还可以用自己的胸膛先挡一挡，用自己的肩膀先扛一扛，不要让孩童太过稚嫩的肩膀、脆弱的心灵过早地承担重负，经受风霜……父亲心中暗想，我听说母乳越吸越多，父亲的爱也将如此。我的孩子，你来到这个世界上，给我和我们的家庭、我们的祖国带来美好的希望。父亲给你的拥抱才刚刚开始，今后我会换各种各样的姿势抱你，让你在我怀里入睡，和睡在母亲的怀里一样，甜甜地睡去，睡到甜甜的梦里。很多时候，尤其是在将来，我们还会在你不知道的时候，以你想不到的方式，给你很多爱，很多拥抱，不能让你发现，因为爱你是母亲的本能，父亲的天性。

——那么将来呢，孩子突然问道，将来我对我的孩子也是一哭就抱？

——当然。

——对我的女友呢？就像你对你的，如果她折腾、撒娇，是否也该一哭就抱？

——这才刚出生第二天，怎么就问起这个？

——正因为我刚出生，跟父母最亲，离爱最近，所以比稍大一些的孩子更懂得爱情。你说，对任性的女孩儿，要不要一哭就抱？

——要，只是抱的方式要时常改变。

——你就不怕把她们宠坏了？

——好女孩越宠越好，坏女孩越宠越坏，因人而异。关键不在宠，在懂道理。

——什么才叫懂道理？

——就是宽以待人，严于律己。

——那我喜欢越宠越懂道理的女孩儿。

——祝福你，我的孩子，你也一样，要爱人胜于爱自己。

儿子点点头，像是对父亲的回答十分满意，闭着眼睛还在眨眼睛。眼皮下的河流溢出眼眶，上面漂着一只婴儿船；船上载着一首摇篮曲，那是父子夜谈发出的回音——

——幸福的河流

在此岸与彼岸之间

轻轻流淌
我生命的轻舟
刚刚起航
无论是幸福或者悲伤
我因祝福而生，为祝福而亡……

——传说中的天鹅歌尽而亡
我的孩子，你来自神灵的故乡
无论今生是享福或受苦
请你实现元初的梦想

——忧愁的河上闪烁星光
欢笑与哭泣是幸福的双桨
人要传递天国福音
一生悲苦也和幸福一样

——让我为你遮风避雨
让你享受美好春光
但人生苦难在所难免
你现在哭泣
将来要学会勇敢坚强

第三夜 ——— 关于哭声的研究

古往今来，有多少孩子就有多少种哭声，而每个孩子的每一次哭喊，也都不一样；又如大自然的风声雨声或闪电雷鸣，从古至今，没有重样的。

可是眼下在医院里，这个孩子进入了他人生的第三夜；父亲白天睡觉，晚上来值夜班。一进医院大楼，就听见孩子的哭声。可不是么，这里是妇幼保健医院的母婴休养室——不是病房，母亲虽然流血，但和孩子一样，得以重生，几乎都很健康。可是，尿布换了，奶也喂饱了，孩子还哭。一哭就抱，抱了还哭。

哭就哭了，怎么样呢？是不是闷着、压着、冷着热着或身体哪儿不舒服？

也没闷着，也没压着，也没冷着热着，身体看来也没什么问题，怎么还哭呢？

孩子就这么不懂道理，别理他就完了。据说哭是一种锻炼，对心肺功能、生长发育都有好处，就由他哭好了。而一哭、二哭、三哭、四哭，声声不同，丝丝入扣，叩响父亲的心弦与思索……

没错。父亲心想，研究婴儿的哭声什么是饿得叫唤，什么是身体不舒服，什么是振奋精神，什么是悲天悯人，什么是回忆前世，什么是恐惧今生，对漫漫人生路茫然不知所措……很有必要。尽管凡此种种，母亲和护士也大多注意到了，可亲耳聆听孩子的哭声，父亲还是另有发现——

哭是一种声音。有时表达一种需求，有时宣泄一种情绪，有时什么也不是，就是哭本身——哭哭闹闹，何罪之有？耳边婴儿的哭声如是说。

对呀，父亲突然间想到，哭泣是人类最初的语言，它表达了人类原始的初衷，可这份心愿并不简单，不仅是冷热饥寒或换个尿不湿就能概括的。而无论是在医院的母婴室，或人生的其他场合，人们对于哭声的理解，仍非常局限——

正如一听婴儿哭泣，就以为他不外乎是要吃要喝，或是换尿布什么的；对于人间痛苦的呻吟呐喊，世人也通常以为他们不是饿了，就是冻着了，或者缺一间房子住。让他吃饱穿暖就好了，满足他的物质需求，还有什么好哭的？

然而，事实并非如此。在丰衣足食的人群中间，哭泣并没有停止；不过那些哭声，从婴儿起，就被世人忽略了。因此，关心人类，从关心婴儿的哭声开始。婴儿的啼哭包含着怎样的渴求，种种心愿，多少希望、绝望，憧憬、回忆，人们至今一无所知；然而母亲听见，会从熟睡中惊醒；父亲听见，如闻召唤。只可惜大多数人忘记了自己的初衷。如耶稣所说：“有一件事我要责备你们，乃是你们丢失了起初的爱心。”

对孩子的哭声置之不理，这样一来，孩子们很快就不哭了，种种奇思妙想，种种爱和希望，就这样被封冻在婴儿的摇篮里。

所以，一哭就抱，乃是人类教育的开始，也是终极目标。

第四夜 ———— 握住光源

第四夜，孩子断断续续地哭着，父亲抱着他，走出房间，在寂静的长廊里，来来回回慢慢走着——不仅对于婴儿，对于父亲来说，这也是一段新的旅途；眼前的世界，和从前大不相同——

地面很干净，头顶的路灯映在脚下，波光从地面涌起，怎么了？是我产生了幻觉？

——这不是幻觉。婴儿回答，他的小嘴嚅动着，吐着一丝白沫，好像刚从海里游上岸的小海豚。这不是幻觉。他肯定地说，和我在一起，你获得了新的世界，新的生命。

——那么你呢？

——我也是，我们父子此刻是一体。

——记着，我的孩子。父亲认真地说，即使将来分离，我们也要牢记此时，记得这样的瞬间：当我们在一起，整个世界焕然一新。

听了这话，婴儿用力睁了睁眼睛——刚出生，他的眼睛难得睁开，即使睁开也是新月形的，一对弯弯的小月牙，两道似蹙非蹙的柳叶眉。

——你看见什么？

——我看见头顶发亮的东西，与我先前的光源十分相近。

——我的孩子，那是灯，不是光源。

——它们有什么区别呢？

——灯会灭，光源是不灭的。

——为什么？

——因为灯是人造的，停电或是关上它，它就灭了。灯若被人打碎，就不发光了。可光源总是亮的。

——我看见了，那边是光源么？

——是，那是月亮，虽然它只反射太阳的光芒，但对人类来说，对夜晚来说，它就是光源了。

——我喜欢光源。

——对，人类也喜欢光源，它虽然看上去比较远，也没有眼前的灯光那么亮，但从古至今，它一直亮着，就像诗人所说：今人不见古时月，今月曾经照古人。

——我喜欢这样的诗歌。

——爸爸也喜欢，如果你愿意，将来你就像爸爸一样，做个诗人。

——我愿意。可是爸爸，怎样才能成为一名诗人呢？

——能找到光源，并与它心有灵犀的人，就能成为诗人。

——我懂了，就是让天上的月亮，在我心里发光。是这样吗？

——是的，可见你是个通灵的孩子。而你的出生让爸爸更加确信，所有的孩子，都天生通灵。因此，当别人还在思考着怎么教育孩子的时候，爸爸已经在你这里接受教育了。别的家长可能正思考着，如何好好培养教育孩子，将来把孩子送进名校；可我的孩子，一见你我就知道，和所有孩子一样，你是从最有名、最高深莫测的“天国学校”毕业的，你们学校只有两位老师，一个天、一个地，这就足够了。从今后，爸爸要向你好好学习，并且发誓要捍卫你的纯洁、天性，它天生地造，每一缕智慧都直接来自光源。

——爸爸，我想要月亮。

——你不是已经有了么？

——不，我要握在手里。

——好吧，你等一下。

父亲把孩子抱到窗前，玻璃上映出一轮明月。父亲拉出孩子的小手，在月亮上轻轻抚摸着……

——爸爸，月亮好温暖，而且你看见么，月光顺着我的手指流进我的肌肤、血脉，丝丝缕缕，将来都会从我诗歌的字里行间流溢出来。

——我的孩子，你天生是个诗人，无需证明，我已经确信。这流入你血脉的月光，与你血液之中天生的日月星光交相辉映，由此我们都是通灵者，即便是在夜里，可以从血液之中，万事万物中，沐浴祖先曾经沐浴着的光源。正如此时此刻，月亮就在你手中的这面镜子里，只要轻轻推窗，它就会晃来晃去。

——是的，父亲，月亮此时，就在我手里，我握住了光源。

——好吧，我已将光源抱在怀里。因此，“我心自有大光明，千古团圆永无缺。”

孩子在父亲的祈祷中沉沉睡去。

第五夜 ———— 穿越都市长廊

旅途还在继续，医院的长廊，此时变成了一段早期的人生旅途，超过两万五千里。

光影落在孩子的脸上，斑驳陆离。月亮不见了，城市灯光还在疲惫地闪着，映红了浑浊的天际。孩子闭上眼睛也能感知窗外的世界，一时还不能适应。

——别说是你，我刚出生的孩子，你的父亲至今也不能适应。父亲轻声说。

——为什么？孩子在梦里问。

——因为空气污染，毁坏了环境。

——什么是污染？

——就是人造的脏东西，毁坏了自然的纯净。自然原本是纯净的。就像先知所说："造物主创造的一切都是好的，落在人手里，都变坏了。"

——那是人来到世上之后?

——是的,把原先的天然与纯净都毁坏了。

——为什么?

——为了衣食住行,满足各种欲望和需求。

——结果呢?

——结果少部分人舒服了,大多数人难受了。前人痛快了,后人遭殃了。

——我是前人还是后人呢?

——对父亲来说你是后人,对未来的孩子来说,你将是前辈呢!

——我能为后人做些什么呢?

——传承祖先的心光。

——怎么才能做到呢?

——顺从你的天性,不要忘记你在母体中,甚至前世得到的天神的嘱咐和启迪。

——放心,我都记得,将来会慢慢告诉你,因为你是我的父亲。

——好,我们继续往前走。

父亲抱着儿子,沿走廊缓缓前行。尽管窗外车流浩荡,灯光迷离,整个城市都在喷吐着欲望的尾气,但父亲怀里的孩子像一缕清光,一阵清风,牵引着父子同行,穿越都市夜色。

——我的孩子，你为什么总是缩手缩脚？别忘了你已经来到人间，躺在父母亲人的怀里……

——闭上眼睛，我又回到了我的小宫殿，母亲的子宫；在那里，我总是头朝下，盘腿而坐，双手抱着前胸。

——哦，我懂了，母亲的胎盘是你的莲花宝座。你习惯了打坐，就总是保持着那个原初的姿势。

——对呀，这样不好吗？

——好。父亲想了想说，但愿你的手脚打开之后，常在心里保持这个姿势。

——有如出家人身在红尘，心在庙宇？

——对呀，我的孩子，你小小年纪，怎么会说出这样的话来？

——因为我的耳朵贴在你胸口，听见你的心声。

父子继续前行，经过一个敞开的房门。每间休养室都不关门，为了通风，也方便医生、护士进出、查看。但大多数床位都拉着帘子；帘子后面传来婴儿的啼哭或吃奶的声音，好像鱼儿吞咽春水。

冬天的微风并不寒冷，因为上海地处南方，距离海洋很近。

海上微风，携着星辰与贝壳的祝福，徐徐飘进房间，祝福所有的新生儿，祝福婴儿的父亲、母亲，连同他们整个的家族、民族。

原来因为你，海更近了，山水与自然的灵性重回人间大地，不过我们不要将心中的喜悦轻易抒发，让它留在我们短暂的旅途中，让长廊穿越都市，穿过海洋、沙漠与人心。

——我的孩子，你是带着一颗小灵魂来到这世上的，这世界人们可以造出万物，却造不出灵魂与灵性，因此所有灵魂与灵性都是神造的。

——神是什么？

——就是人所不知的光芒，人类无法企及的智慧——“天神引出万物者也。”

——他在哪里呢？

——在眼前，在心里。

——心里我是能感觉到的，可眼前有什么呢？

——你看，这里有一棵树。树的种子也有灵性。人可以种树，却造不出树的种子。所以，假如一种植物或动物消亡，就永远消失灭绝，再也没有了；人类尽再大努力，也造不出物种和生命。对，我们不能创造，只能延续，就像爸爸妈妈不会创造，却能繁衍生命。我们繁衍的小生命就是你，你就是我们和祖先生命的延续。

——这么说来，我和树是一样的？

——本质上是没有区别的，只是不同的物种而已，都是神造的，不是人造的。人类常将生命比作一棵树，生命树上的果实也是这么来的。

——让我看看这棵树好吗？我感觉它和我很亲，好像前世见过似的。

——好吧。

父亲抱着孩子，从走廊来到大厅。大厅里有一棵高大的芭蕉树，栽在青瓷花盆里。值班护士还在旁边的护士站里忙碌着，也无暇顾及抱着孩子走来走去的父亲。医院的长廊里，还有不少这样的父亲或亲属；因为母亲刚生完孩子，都只能卧床休息。

父亲把儿子抱到一片硕大的芭蕉叶下，儿子半睁着眼睛。绿意在他眼前晃动，仿佛未来的一百个盛夏，悄然来临。

绿意使他安详舒适，他使绿叶舒展宁静。两个不同的生命悄悄对话，父亲侧耳倾听——一股泉水从树根下流过。

——我想躺在水边树下？

——可以。

父亲对孩子总是有求必应，百依百顺，于是，也不管花盆里的泥土多脏多潮湿，父亲就把襁褓中的婴儿搁在树下。他躺在泥土之上，睁大眼睛。

——你看见什么？

——我看见一片叶子覆盖天地。

——这里有好多叶子，你只看见一片。你可知有个成语，叫一叶障目，不见泰山。就是说，一片叶子挡住了你的视线，使你只看见眼前，看不到整体。

——可是，一个更辽阔的天地，甚至全部宇宙，都藏在我眼前的这片绿叶里，它的丝丝纹路中流动着大江大河，河里的波光一会儿殷红，一会儿淡紫；这会儿又变了，一大片绿色，从浅绿到墨绿，一刻不停地变幻，叶子一共有三层：第一层里藏着一只小毛虫，满脸忧伤地望着我，不知是为什么；第二层里停着一只小船，船舱里挂满小星星，每一颗星星都在发光，并轻吐微弱的声音；现在有一颗星像一颗心似的，跳到第三层去了，那里的波浪汇成一片碧绿的湖泊，湖泊中心的小岛有三棵树，奇怪的是鱼在树上游，鸟在水里飞……那颗心不知被哪一只幸福的小鸟衔了去；那只小鸟和我一样幸福自在你不要不信。

——我相信。

这时，一名护士走过来说："地上凉，不怕把孩子冻着啊？"

父亲这才想到，毕竟是婴儿，不能在泥地上躺太长时间，好在他裹着粉红的小棉袄，上面还印着医院的名字："国际和平妇幼保健医院"。

父亲于是抱起孩子，走回房间。没想到回去的路，比来时更长；一幢幢高楼倾斜着压将下来——如今倾国倾城的不是美人，而是这些高楼啊，父亲暗想，楼群也在他的想象中芦苇般摇荡……

而这时，楼里的每一扇窗都仿佛一只敞开的鸽笼，飞出一只白鸽，咕咕地祝福每一个新生儿，祝福上海这座漂在海上的城市。

第六夜 ———— 母亲的惨叫

和昨夜一样，孩子哭哭停停。父亲抱着儿子，在走廊里走来走去。孩子送去“加奶”回来，嘴上还沾着“白胡子”，看来他吃饱了，睡得香甜。然而闭上眼睛他也能看见，因为他不是大人，是小孩。

——爸爸，为什么有的房间门关着，有的房间大门敞开？

——哦，对了，关门的房间在护士台的右边，我们左边的房间门都开着。

——为什么？

——因为那边是特需病房，一人一间。

——那我们这里呢？

——我们是六人一间。

——有什么区别？

——那里贵，要 1200 元一天，我们的房间相当便宜，一天只需 36 元。你还是小孩，父亲不该跟你谈钱。

——不，我想知道，房间里有什么不一样呢？

——那边每个房间都有电视，我们这里没有。

——爸爸，电视是什么？

——电视就是一些人在一个小方框里说话。

——有意思吗？

——没意思，所以我们不看。

——那以后我也不看了。这样好吗？

——好！

——别的孩子看吗？

——看。

——那我不看，会比他们懂得更少吗？

——我的孩子，父亲负责任地告诉你，你看电视越少，了解世界越多；看电视越多，了解世界越少，这个道理是爸爸走遍天下后才明白的。不过将来你有自己的选择，你的父母只能给你爱，不能帮你选择，选择什么将是你自己的事。好了，现在我不说电视了，还是说说房间。没有电视，我们房间里有好多人哪，你听，这孩子哭完，那孩子又闹了，你刚安静一会儿，没准马上又要大哭一阵。

——可是现在不是静下来了吗？

——对呀，我们房间里，也有难得的宁静，这宁静充满生机，有大人孩子的呼吸，也包括你的呼吸，妈妈在黑暗中无声的微笑，还有我们之间的悄悄话，像鱼一样沉默却会吐泡泡的言语……

“啊……啊……”这时，屋里传来一个异样的声音，先是轻轻的呻吟，后来变成叫喊。“啊！——啊！”叫声越来越响，越来越可怕，最后变成了撕心裂肺的惨叫。

——这是什么声音？

——这是一位临产的母亲的声音。

——她为什么这样叫？

——因为痛啊！我的孩子。

——生孩子都这么痛啊！

——是啊，每个母亲都曾经历过这样的疼痛，听听这声音，你就知道有多痛了。

“啊……啊！”病房里的那位母亲哀号着，已全然不顾周围的一切——“医生，啥辰光才好养啊，受不了了！”

“别急，刚开一指，早着呢。”医生平静地回答，“你不要叫，要保存体力！”说完就走了。

“啊——啊！”母亲还在惨叫，听得出她实在忍不住了。可是整个房间却出奇地安静，连小孩儿也不哭了，大人在黑暗中屏住呼吸。

——爸爸，为什么周围这么安静，大家都睡着了吗？

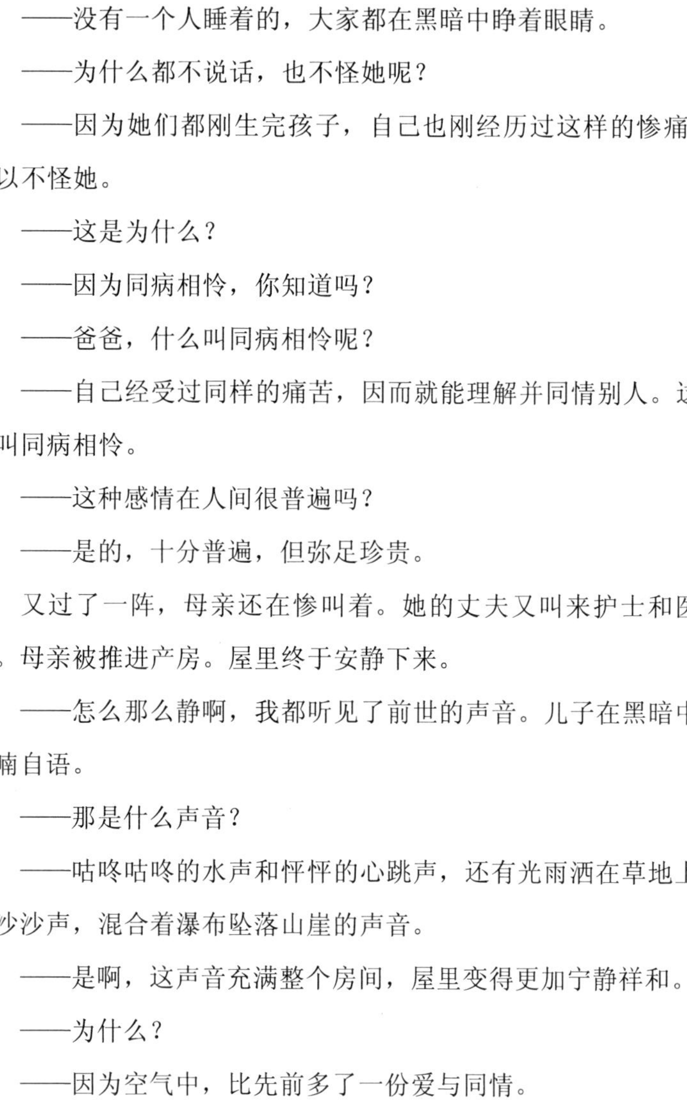

——没有一个人睡着的，大家都在黑暗中睁着眼睛。

——为什么都不说话，也不怪她呢？

——因为她们都刚生完孩子，自己也刚经历过这样的惨痛，所以不怪她。

——这是为什么？

——因为同病相怜，你知道吗？

——爸爸，什么叫同病相怜呢？

——自己经受过同样的痛苦，因而就能理解并同情别人。这就叫同病相怜。

——这种感情在人间很普遍吗？

——是的，十分普遍，但弥足珍贵。

又过了一阵，母亲还在惨叫着。她的丈夫又叫来护士和医生。母亲被推进产房。屋里终于安静下来。

——怎么那么静啊，我都听见了前世的声音。儿子在黑暗中喃喃自语。

——那是什么声音？

——咕咚咕咚的水声和怦怦的心跳声，还有光雨洒在草地上的沙沙声，混合着瀑布坠落山崖的声音。

——是啊，这声音充满整个房间，屋里变得更加宁静祥和。

——为什么？

——因为空气中，比先前多了一份爱与同情。

——我的父亲，说到这里，你显得非常认真，可见爱与同情非常重要，是吗？

——是啊，我的孩子，这世上没有比爱与同情更重要的事情。只要你懂得爱，富有同情心，将来你做什么父亲都不怪你，都支持你。相反，如果丢失了爱与同情心，无论取得怎样的成就，都毫无意义。

——所以还是住在六个人一间的房间好啊，夜里能听见各种声音，触及身边发生的所有大事情。

——正是如此。而今夜，对我们来说，没有比身边这位母亲的惨叫更大的事情。而这都要感谢你的母亲，住在这里，原本是她的主意。你要记住，我的孩子，尽管父亲在这里跟你说了许多，而母爱才是世上最伟大的。就像一位新生儿的母亲感叹：“阿弟出生的第一天起，就与我夜夜相伴，黑夜里天马行空。一切都让人充满感恩、感动，这种感觉和念力无限蔓延……宇宙暗暗滋长，时空漫漫无边，人类依然可以借着文明与信仰找到居所，以善良和正义点燃圣火，用感恩和热爱找到意义。”

第七夜 ——— 谁先加奶？

入夜，父亲抱着孩子在走廊里徘徊，母亲眼看就快要有奶了，可是今晚自然还得“加奶”——

一群孩子，被小推车轮流推进一个大房间，关上门，护士在里面统一喂奶，然后，喂饱了的孩子，再一个个被推出来。一辆小车里并排躺着三个婴儿，他们手上、脚上和胸前都挂着牌牌，上面写着母亲的姓名、婴儿的性别、出生年月日、几时几分、体重多少克，这样“发放”婴儿时才不会搞错——“九床家属？叫什么名字？小弟弟还是小妹妹？”答对了就把孩子抱走，还没有出现答错的情况。

去时一个个都眉头紧皱，哭着闹着，回来时大多眉头舒展，成了一个个具体而微的白胡子老头儿和老太太。可见这是一趟美好的旅程——对于婴儿来说，离开父母十米八米，也算是出了趟远门，何况父母真的不在身边，也看不见他们在做什么，也不知别人对他们做了些什么——门关着，在里面加奶；一个小小的共产主义世界，其间各尽所能，按需分配，鲜奶公有，喂到吐奶。

一切看起来完美无缺，婴儿满意，父母放心，但深夜怀抱婴儿在走廊上徘徊的父亲，却发现了一个不大不小的问题。

夜深人静，母亲、婴儿和家属们都沉沉睡去。一个穿绿衣的护工推着小车来领孩子进去加奶。看见如此心疼孩子的父亲，还有另一个善良的外婆，深夜抱着孩子哄个不停，孩子还在哼哼唧唧，绿衣护工发了善心——

“给我吧，今晚破例，让你们两个小宝宝先加奶。”

“那平时呢？”

“当然是特需病房的孩子先加奶了！”护工说着，把两个小宝宝放进推车，走向特需病房。

我的天！父亲心想，我的孩子今夜不得了，比特需病房的孩子还要先加奶。不知回来之后，跟他如何交代。

当挂着“白胡子”的婴儿从加奶房陆陆续续地被推出来，父亲看见自己的孩子洋洋得意的样子，心里很是悲哀——

“对不起啊，孩子们，你们刚刚降临人世，就被推进一个不平等的世界。”

可是婴儿们齐声回答：“我们生来平等，并不在乎谁先加奶！

你没见那个最先加奶的宝宝，把刚喝下的全部吐了出来。”

父亲一看，果然，我的孩子吐奶了——“有志气。”父亲暗想，“不平等的宴席，就该这么拒绝。”

第八夜 ———— 居所

——爸爸，我们住在哪里？

——住在六人一间的母婴休养室。

——为什么不住特需病房呢？

——这是你妈妈的主意，她现在睡着了。

——那我问你，住在这里有什么好？

——像种子落进土地；你一出生，父母就希望你是一个普通的孩子，与别的孩子没有什么区别；既不比别人高，也不比别人低。而扎根苍茫大地，你能得到最丰富的营养；所有参天大树都是这么长成的；它们既不在山顶，也不在半空，而是长在溪边河谷，处于深山湿地。

——我懂了，特需病房的孩子比我们优先，他们先吃奶，我们后吃。

——对，让别人先吃奶，我们再吃。

——万一没有了怎么办？

——即使没有了，也不能抢别人的；因为我们是人类，不能像动物一样。

——动物怎么样？

——谁凶猛，谁就有吃的；弱小的就被吃掉。遗憾的是，我们人类也常常如此。

——那我们怎么办？

——父母会用辛勤劳动养育你；你长大了，也可以养活自己，养育后代。但是，无论如何，我们不去参与人类弱肉强食的残酷游戏。

——那爸爸，饿了怎么办？

——天上的飞鸟也有吃的，你不会饿着的。这个世界上之所以至今有人挨饿，主要不是因为匮乏，而是因为另一些人想要的太多；他都已经有了，还要把别人仅有的夺去。

——爸爸，那住特需病房的孩子与我们有什么不同？

——人与人都是一样的，不管是婴儿，还是成人；不管是富人还是穷人；人类本来是一样的。

——什么是富人和穷人，我住在这里，因为我们是穷人吧？

——不是的，我的孩子。我们的家庭无比富有：你有相亲相爱并且爱你的父母；因为你的父母，你生来就有了许多亲戚和好朋友，友谊、亲情和人与人之间的爱与同情，才是这世上最珍贵的。而从这个意义上讲，你生在一个比国王更富有的家庭。

孩子笑了，这对父亲是一种莫大的鼓励。可父亲心里清楚：在当今世界，这样教育孩子，无疑是一种巨大的冒险。也许孩子会因此受伤，甚至遭遇种种不幸，但除此之外，还能有什么更好的教育方式呢？

思前想后，父亲为自己对孩子说出这番话而感到欣慰。的确，尽管遭受了种种不幸与磨难，我们的父母与先辈不也是一代接一代，这样教育孩子的吗？回想自己的人生经历，尽管我们因接受并相信了这种爱的教育而遭遇过灾祸，不也得了幸福吗？灾祸与幸福相比，是不是幸福更大一些呢？

然而，即便相反，我们因此遭罪，甚至蒙难，也不能让孩子因为饥饿而去喝狼奶。因为狼奶是有毒的，虽然它能一时强健孩子的骨骼和肉体，但最终将毁了孩子的心灵。相反，心灵若是强健，身体会弱到哪里去呢？

想到这里，父亲在孩子额上吻了一下，祝福他的身心。

第九夜 ———— 我无名无姓

——“我无名无姓，只两天芳龄。”

——这是谁的诗歌？真好。可父亲啊，我已经八天了。

——这是从前一位英格兰诗人布莱克的诗句。是啊，我的孩子，一转眼你已经八天了，你至今还没有姓名。我和你母亲翻遍了《说文解字》和《康熙字典》，给你起了一百五十个名字，却没有一个合适的。怎么办呢？马上就要填出生证、上报户口了。

——不仅我没有名字，孩子嘴角一翘说，我们这个房间里的婴儿，都没有名字。父亲，请告诉我，有名字和没有名字有什么区别呢？

——有名字就可以称呼，可以叫你了；没有名字怎么叫你呢？不仅如此，起个好名字，终生受益；起个坏名字，一辈子就完了。比如女孩叫翠花，好好一个名字，被人叫俗了；或是男孩叫李刚……你在大街上喊一声，总有几个人回头……父母正为你的名字发愁，想叫你醒蝉，又嫌拗口，叫你醒醒，又怕你睡不着……直到看见你我才发现，有一个名字固然很好，也很有必要，但细想确是一件可悲的事情。

——是啊，久而久之，人们叫着这样那样的名字，却忘记了我们你们，都曾经无名无姓。

——正是如此，出生就是从无到有；但元初的生命原本是不确定的。不确定本身，蕴含着各种可能与种种未知；不确定，意味着源头之水丰沛清纯。但是你来到人间，就不得不拥有一个名字，就像矿泉水被贴上标签。水原本来自天上，历经高山冰雪，滋润青草雪莲，可一旦装入瓶中，就剩下几种矿物质，几种营养，对一些人有用而已。有用并非生命的意义。美是无用的。生命的本质和意义也不是某种功用。你将来宁愿做一块无用的玉，也不要成为一块有用的瓦片。生命就好像玉石或山泉，它的用途不在人，在自然本身。人想利用它是一回事，而它生来并不是被人利用的。

——那究竟叫我什么呢？

——叫你醒蝉，从土中醒来，用歌声唤醒天地，多美！可醒蝉，就不是睡蝉了。叫你蝉，你就不是蜻蜓、蝴蝶了；叫你水，你就不是树木、土壤了；叫你树，你就不是鸟了；叫你鸟，你就不是小青蛙或小蝌蚪了；叫你蝌蚪，你就不是大象了；叫你大象，你就不是小蜜蜂了；叫你小蜜蜂，谁来做天上云朵、云中青山，或山间隐士，隐士头上的青松呢？可见，人一旦有了名字，就被局限了。从这个意义上讲，好名字与坏名字没什么区别。人不该有名字却不得不强起一个名字。原来神也如此；道也一样。有了名字，就有了局限；有了局限，必引起纷争；引起纷争，就会导致征战与杀戮。难怪主耶稣说："你们若不回转，变成小孩子的样式，断不得进天国。"因为孩子无名无姓，什么都不是，又什么都是；什么都没有，又什么都有；什么都不确定，因此具有了最大的时空、最强的潜力、最丰富的可能性，最迷人的生命。可是再过两天，你不得不叫个什么。叫你东东，你就不是西西了；叫你花花，你就不是草草了；叫你甜甜，你就不是苦苦了。而东西南北都是方向，花花草草都是生命，酸甜苦辣都是滋味，该如何取舍，又怎能要这个不要那个呢？

——那就叫我小孩吧！

——叫你小孩，你转眼就长大了。

——哈哈，其实叫我什么都无所谓的，只是不要忘了我曾无名无姓，我的生命原本充满未知与种种可能。

——好，生下你，父亲真长见识。

第十夜——人之初，无善恶

——正如地球上的土地、海洋，原本是连在一起，浑然一体的，只是世人筑起了藩篱与国界，将它们分割了，说这是我的，不是你的。这是我们的，那也是我们的。原本天然的一切，一落到人的手里就变成了人为的；无名无姓的孩子，无论有了怎样一个名字，立刻被限定了。同样，孩子的行为，一举一动，原本是纯天然的，就像山泉、春雨或雷电一样；可一旦落入成人的视野，立刻加上了道德判断，说这是善的，那是恶的。我的孩子，父亲由衷地说，你一出生就告诉我：人之初，无善恶。

——父亲，你是怎么听出我的意思的？

——我的孩子，你刚出生第七天就会说话了，你知道你开口说出的第一个汉字是什么吗？

——不知道，以前的话，我都是用心说，用表情说，父亲愿意倾听并且都听懂了，这真是我的幸运。可是，我在什么时候真正说过什么人间的话吗？

——说出来令人难以置信，可这是真的，就在你出生第七天的晚上，你在哭闹着，我和你妈妈正商量着要不要马上喂奶，你说“喂”，说得像广播员一样清晰。

——想起来了，我确实说过“喂”，因为我饿了。

——我的孩子，你知道“喂”在汉语中也是打招呼的意思吗？起初，我和你母亲都还不能确认，以为是巧合。结果到了第二天早晨，也就是你出生第八天的早晨，你刚吃完又哭。我和你妈妈又在商量着要不要喂，你斩钉截铁地说“要喂”。我和你母亲于是确认你真的很饿，并因此开口说话了。于是母亲就开始喂你；你就含着母亲的乳头，大口大口地吮吸着母亲的乳汁，就像你的父亲在青春年少的时候狂饮美酒一样，“咕咚咕咚”的声音整个房间都听得见。

——是的，我的确饿了，不吃不行。我小，不像你们大人有储备，饿个两三天也没关系，我饿一阵就会昏死过去。因为我要生长，我的身体有大量的需求，而我原本的储备，只是一副弱小的骨架，你看上面有多少肌肉？

——哦，我的孩子，你看上去就像一只拔了毛的小鸡，确实没有存货，而你无意间开口说出的第一个词，却给了父亲重要的启示。长期困扰着哲学界和你的父亲的一个重要命题，被你一句话一个举动就全解决了，正可谓一语道破天机：哲学上历来有争议，相信原罪的人认为，人之初，性本恶。就连古罗马神学家奥古斯丁也说：“婴儿吃奶时，瞧他那死灰的眼神，恶狠狠地盯着同伴，就知道他的嫉妒与贪婪。”可见人之初，性本恶。而孔子、孟子都相信，人之初，性本善。老子也说：“含德之厚，比于赤子。”

而当父亲看自己的骨肉因为饥饿要喂要吃，甚至在贪婪吞咽母乳时，果然露出死灰色的眼神，可你的父亲却得出结论：人之初，无善恶。一个婴儿，因为饿，因为要生存，要活下去，嗷嗷待哺，要吃要喂，并狂饮大吃，露出一副小饕餮的神情，这有什么错？是善是恶？亦善亦恶，亦无善恶。

对和你争奶吃的孩子来说，你是恶的；对爱你、盼你茁壮成长的父亲母亲来说，你是善的。说到底，都是人们站在了自己的立场来判断你；而你刚出生，要活下去，有什么错，有什么罪？何况你的母亲愿意喂你，你的父亲也愿意看你大吃大喝的样子，尽管斯文扫地，但却都不失原始之美；你皱着眉头吮吸的样子，活像一只刚出生的小花斑虎。

——如此说来，小老虎扑向一只母鸡也没什么错！

——善恶总是相对的：对于母鸡和小鸡来说，老虎都是凶恶的；对于老虎家族来说，自然没什么错，因为它们饿了。造物主这样造了人与万物，人与老虎一样都不能不服从自己的天性；只是随着人类的发展健全，越来越像人了；人是不吃人，也不能吃人的。而虎是吃母鸡，也吃狮虎的。但其实，人类还在像狮虎一样自相残杀。

总之，你生来是无辜的，无论做什么，只是你凭借上帝赋予的天性；而以善恶来评判你是不公正的。可随着你逐渐成长，善恶便开始出现；真正善恶的标准，还得靠你和你的父亲以及全人类，共同探索、把握。一成不变的善恶标准是不存在的；正如人之初，无善恶。

父亲说到这里，发现孩子早已因为吃奶吃困了而睡着了。

第十一夜 ——— 顺从谁？

孩子醒来，却记得父亲在梦里所说的一切；尽管这一切都模模糊糊，好像深海鱼群，光影斑驳。但一睁眼，孩子又开始提问：

——虽然你总说，人之初，无善恶；可我已经听出你和你们大人心里总有一把尺，一杆秤，凡事都有个衡量标准。是这样吗？

——是的，这是人类长期以来达成的一种共识。

——可这与我们商量过吗？

——没有啊，父亲抱歉地说，大人们都认为你们太小，没法商量，也没有商量的必要。可你的父亲愿意像朋友一样和你商量商量。

——好的，父亲，说实话，我刚吃一口奶，就遭致你们所谓哲人与神学家的那么多非议，那我今后行事，该遵从谁？是按照我自己的天性，还是按照你们大人的标准呢？

——当然是按照你自己的天性。

——我的天性模糊不清，好像什么都有，又好像空空如也，一片虚无。

——孩子，我们都来自虚无，归于虚无；在这个世上停留的时间，远不及我们在虚无之中；但在这短暂的一生一世，我们还是要思前想后。你刚从前世来，我离来世比你更近，所以我们应当深入交流。有一点可以肯定：你的父亲绝不会按照现世流行的标准，大人们的普遍意旨，来衡量要求你。父亲希望你能做的，就是请你时时回归到你的现在，也就是你初来人世的生命状态与天性之中。这里钟灵毓秀，物华天宝。你不仅是父母的孩子，更是自然之子，神灵的孩子。你起初的天性，是永远要珍重珍藏珍惜的。正如母亲将喂养你的身体；父亲必喂养你的心灵，给你的内心天然的种子找到土壤并播撒阳光雨露，是父亲的天职。四十多年的人生经验告诉你父亲，人的一生最宝贵的思想、才能与创造力，都是从天性中来的。而所谓教育，不是改变你，而是保护你；不是否定你，而是肯定你；不是告诉你这样不行，那样不对，而是多问你，你内心的愿望究竟是什么？在今后的生活中，你也要经常这样问自己。因为你来到的这个世界所实施的所谓“教育”，恐怕与你的天性正相反；你的父亲将与你一道与他们斗争；你的幸福成长，将成为我们最强有力的依据。至于结果，并不重要，因为你的出生本身，就是上帝对你父母的恩赐；而你的父母对你付出的心血，不过是对上帝鸿恩之微不足道的回报——“谁言寸草心，报得三春晖。”是孩子对父母说的，也是父母想对你，对创造你的上帝说的，或许也是将来你会对你的孩子说的。

总之，你要顺从你的本心本意、良知天性。正如初升的太阳最美，源头之水最清、最丰沛；人类起初的爱心，元初的愿望也是如此。在你今后的人生路上，一定会遇到种种坎坷与不幸；因为人生是苦难的，对此，你要逐步做好思想准备。而所谓幸福，只是战胜苦难的过程与短暂的胜利所带来的丝丝安慰。小船最终战胜不了大海；人生最终战胜不了死亡与苦难；但是，当你这一叶轻舟在海上迷航，或遇到风浪翻船落水之时，看看东方，找找太阳升起的地方，你或许就能得救。

想想自己来自哪里，去向何方，或许你就能自救。自救是最可靠，也是最值得自豪的事情。自救才能救别人；拯救是人类最崇高的事业。崇高是你一生的追求。而崇高的种子一样藏在你的天性之中；因为你是人类，是你父母的儿子，家族的传人。我们家族的血脉纯洁善良，历经苦难，而追求崇高的香火从未熄灭；如同我们民族心存美玉，代代相传。

“蓝田日暖玉生烟”；此时此刻，你这小小的玉人在阳光里微笑；紫气瑞光，盈满家园。

第十二夜 ———— 内在的微笑

——你笑了，看得出不是因为外在的任何因素，而是发自你的内心，因为你梦见了什么，或从体内感觉到一种舒适美好。是的，我的孩子，父亲感觉到了，即使我们之间的交流，也不能让你发出这样的微笑——你的微笑虽然浮现在脸上，却好比深海波纹，并不受风浪打扰。

——是的，父亲，有一种无可名状的喜悦从我心底浮现，不是深海波纹，更像是岩石中的花纹，初生的金钱豹就藏在里面，它原本是属于我的，只是用心观察的人才会偶然见到。

——果真如此，我的孩子，这样的微笑原本藏在人类心底，可是随着世人长大，却一天天消失了，取而代之的，却是另一种来自外界的表面微笑。生命本质的欢乐，逐渐为世俗的乐趣所取代，这是人类共同的悲哀。人类心底，原本有一种原始冲动，西方哲人称之为酒神精神；它与生俱来，来自生命的最深处；就像此刻，你脸上的这一缕微笑，是只有像米开朗基罗这样伟大的雕刻家才能刻画出的；但是，世俗的浪潮很快会将它覆盖吞噬。这种微笑不仅在成人身上看不到；在成人的内心，也很难找到。

——为什么呀？

——因为在社会生活中，就像在迷雾与风尘中，人们很快就迷失了。看见别人哭也跟着哭，看见别人笑也跟着笑；别人其实并不存在的；每个人都是一个自己；你以为的别人，还是你自己。可是，那么多的自己都迷失了，因为雾太重，风沙太大，人们大多看不见自己，只看见风中挣扎的一个个别人了；所以自身的冲动，原始的欢乐与悲哀都丧失了，剩下的只是为哭而哭，为笑而笑。哭哭笑笑，吵吵闹闹都是为了别人，做给别人看的。这也就是为什么你的微笑，和所有婴儿的微笑一样，比我们在大街上或电影里看见的所有笑容都美多了，深刻多了。

——人活在世上就一定会变得很复杂吗？

——从表面上看是这样的。可是每个人的内心各不相同：有人是玉质的；有人是土质的；还有人是乱七八糟的；而真正有智慧的，内心总是单纯的；因此也只有他们，能从心底发出你现在这样的微笑。

——明白了，父亲，我想我不会失去它的。

——是你让我明白了，我的孩子，原来一个人想要幸福，就要活在自己的本质中，保持内心的喜悦，内在的微笑。

第十三夜 ———— 胎盘与大地

——你一哭就抱，自你出生至今，已经十二天了，父亲宠你，母亲爱你，喂你养你，看来父母能做的，都做到了。我们还为你存了脐带血，听说这种血能治好多病，将来或许还能发挥更神奇的效应。

——真的？

——是的，可是有一件事父亲因为一念之差而没有做，在此向你忏悔。

——什么事呀？

——就是没有把你的胎盘，埋进土地。

——为什么要埋，又为什么没有埋呢？

——我的孩子，你可知道，当你在母体中，胎盘就是大地，羊水则是太空宇宙；在混沌之中，有一点非常清晰，就是你是从胎盘得到了养料；母亲给你的营养，只有通过这个叫做胎盘的东西转换之后，才能被你吸收；正如来到人间之后，人们只有通过大地生长的五谷杂粮，得以存活；就连飞禽走兽，也必在大地起落，落入人手人口，虽然这样有些残忍。总之，正如胎儿从胎盘得到母亲的营养，人类只有通过大地得到日常的饮食。而如果将你的胎盘埋进泥土，胎盘就将化在土中，而整个大地，就将成为一个巨大的胎盘，在你的有生之年，源源不断地供给你养料，保佑你平安。

——这样不是很好么？可你为什么不这么做呢？

——不，（父亲红着脸说）因为起初告诉我这件事情的，是父母在医院走廊里碰见的一位农村妇女，她看上去没有读过很多书，而且身上带着一些“迷信色彩”，所以我们不以为然，就这样错过了。其实那时要做决定还来得及，因为十天之后，你才出生，但现在来不及了，你的胎盘已经不知派上了什么用途，但愿做了什么药，能救别人帮别人也好，千万别扔了。但无论如何，不如埋在土里，让大地成为你的胎盘，滋养你保佑你。而此时，你的父母就只有烧香祈祷，求天地保你平安，赐你日用的饮食与幸福了。

——这件事你该吸取教训才是。

——对，（父亲低着头说）今后我们再也不要轻视农村妇女，再也不要轻易把传统习俗与封建迷信混为一谈了。知道吗，我的孩子，自你出生，我才发现，在养育婴儿方面，往往是农村妇女比城里的女人更有经验，她们的知识与经验都很有用，也很有趣，不像城里的女人，对生命的本质及生儿育女的重要知识知之甚少。所以在你成长过程中，一定要尊重从大地深处走来的人，他们身上的泥土是干净而有益的。他们还会说俏皮话呢。比如过头儿子是个宝，过头女儿是根草。你这过头儿子，预产期过了六天才生下你，所以你是个宝。当然，邻床的那位母亲生的过头女儿也不是一根草，她长得那么水灵，那么漂亮，也是个好宝宝。你长大以后，有机会娶她哦。

——好啊，那我就盼着自己快快长大了。

婴儿含糊地说着，这时，天已蒙蒙亮，晨光像一张渔网，撒向大地。

第十四夜 ———— 恶露不恶

——我的孩子，你可知道妈妈为你流了很多血。我在病房陪床的时候，看见每一位妈妈的床单上，都垫着专门的床垫，并且一会儿一换，上面全是血。母亲生孩子之后会不停地流血，医学上有个很糟糕的名字叫恶露。

——恶露是什么？

——医生说，就是母亲生孩子之后，子宫内膜（特别是胎盘附着的地方）脱落，成为分泌物，从下体流出，就称之为恶露，内含血液，坏死蜕膜组织以及黏液。正常情况下，产后两三周内可以排尽。产后最初几天，恶露量比较多，颜色鲜红，称红恶露，也称血性恶露；三五天后，所含血量减少，恶露变为淡红色，称为浆恶露；产后十到十四天，恶露呈白色或淡黄色，称白恶露。恶露带有血腥味。通过对恶露的观察，可以了解子宫恢复的情况是否正常。

这是医生说的。天晓得，你的父母都不是医生，与医生的想法截然不同：在父亲看来，恶露是生产母爱的甘霖，生命的甘露；尽管血淋淋的，但却一点都不恶。相反，它充满了善意和祝福。它是母亲为创造新生命所付出的代价和痛楚。你瞧，一床一床血垫子从母亲身体下面被抽出，而母亲怀里的你，已经从一团血肉模糊、花眉细眼的小动物，变成一个干干净净、健康茁壮的小男孩了。

——所有这些我原先并不知道，只是回想起来，我从一颗种子长成一个生命，直到出生的全过程都与血肉相伴；周遭的世界一直是红彤彤、热乎乎的。想不到在我出生之后，母亲还要流那么多血，真是好惨啊！

——是的，我的孩子，从你的出生我更加确信，所有的新生儿都与血污相伴；新生的思想与智慧也是如此。

——水至清则无鱼。没有一个新生儿是干干净净、一尘不染地来到这个世界上的。我怀疑即便是天使，也要经历同样的过程。

——是的，我的孩子，在你今后的成长过程中也是如此。尤其到了青春期，你将会再度体会到这个残酷的道理。

——青春期？听起来好美，是指青色春天来临的时期吗？

——是的，生命中会有青色春天来临；儿童都盼着，可直到来了才发现，青春是青色也是青涩的。就像《说文解字》对“春”的解释：“春，推也。”无论是生命萌发，或青春期，都得艰难推开重重障碍和阻力。在父亲的成长过程中，青春期是最痛苦，也是最残忍的，好像母亲生孩子，总有恶露相伴。从这个意义上讲，“恶露”这个词也不错。“恶”在这里，暗指一种命中注定的挣扎与痛苦，伴随着肮脏与血污。

——我还是不很明白呢。

——我的孩子，不是让你慢慢明白，而是让你记住此时，善恶在你，是一种自然，一种天性。假如母亲为生你所流的血是“恶露”，那么朝露朝霞又是什么？“水至清则无鱼”，“恶”如果包含新生，我们也不要离弃。如今在父亲眼里，“恶露”胜于朝露，尽管朝露晶莹纯美，但别忘了，你的出生伴随的却是“恶露”，如莲花，出淤泥而不染；莲花在淤泥里扎根越深，花开越美。

——我好像有些懂了。

——你不需要懂，只需这个世界慢慢懂得你，初生的婴儿。你长得太快，怕昨天的事，你今天就忘了；今天的感受，将来都不记得了——那样多么可惜！人类不是没有智慧，只是遗忘或丢失了自己元初的智慧。我的孩子，告诉你一个秘密，你的爷爷，你的父亲至今记得自己孩提时代的一件件小事，每件事的细节，每个细节的微妙之处，而所有这些看似最无用的东西，无形中成了我们家族最珍贵最隐秘的财富。

——好吧，既然如此，那我就会记住今天和最近以来的全部感受。

——最近以来是多久？

——父亲，最近这十四天，对我来说比十四个世纪更久。

——啊，人类到了十四世纪，在意大利就出现了文艺复兴的曙光。我的孩子，那时，人类的“人性”伴随着种种欲望一同觉醒，“善恶”泥沙俱下，但无论如何，人类由此获得新生。而今日此时，父亲只想告诉你，许多出生时所包含的真理你一生都要记着：恶露不恶，没有血污淤泥，哪有莲花般的婴儿如你？

——一屋六位母亲，已生了五个女孩儿，你是最后一个出生。陪护的阿姨说：“坐船的都有了，就缺一个撑船的，你们家这个，一定是儿子。”

——果然，第二天一早，你便冒着“恶露雨雪”，“撑船”而来——

——我的孩子，拥抱你，祝福你，欢迎你！

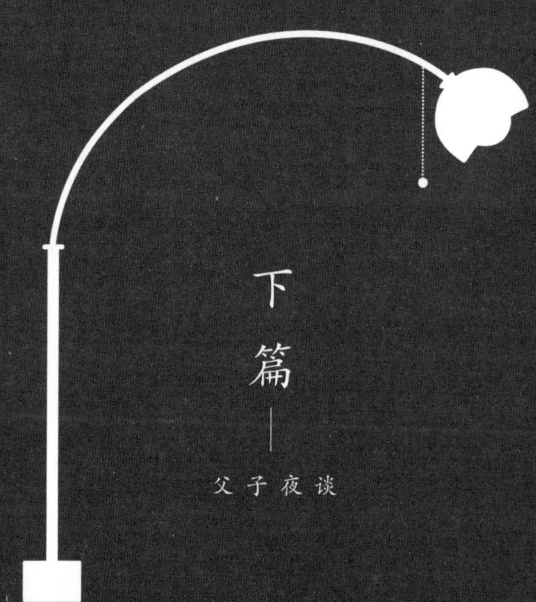

下篇

父子夜谈

父亲啊，你也曾是孩子，
孩子啊，如今已成了父亲，
父亲已去往另一个世界，
如果说他还活着，
他就是你。

——题记

第一夜 ———— 黍离之悲

——父亲，您已经到另外一个世界了，好像您走了之后才回来，好像您从来没有走，好像您用您的离去引领我重新出发，远离世人，去往未知未来。父亲，您的离去好像婴儿出生；离去的是您，而出生的是我，是您，或是您的孙儿醒醒，我也说不清……

——我的孩子，父亲没有走远，正如你所说的，我的离去，好像婴儿出生，这重生的孩子，是你是我，也是醒醒，我们是一体，流着祖先的血脉，而我们的家庭家族不像世人所看见的。我们是孤舟漂在海上，不属于任何大陆、王国，也不属于任何种族或宗教流派，我们是灵魂，过去、现在与将来，一直是，一直是灵魂……

——那么父亲，如此说来，我们和我们祖先的灵魂一直孤零零漂泊在这世界？

——是的，茫茫广宇，漂泊的无一不是孤舟；只是红尘世界，人以为，家以为，宗教文化以为他们找到了同类，其实什么也没有。人是孤独的，人类也是，就像地球也只是一颗露珠，飘在茫茫宇宙间。

——父亲，您走进了另一个更辽阔的世界，而您想告诉我的，就是这些？

——父亲要告诉你的是，宇宙苍茫虚无，就连骨灰在泥土里也是飘着的，无着无落，但即便在虚无之中，也存在一根虚线，连接人世间，我的孩子，那是一道光，或一缕游丝，贯穿血脉……

——感觉到了，父亲，我刚和我的儿子，您孙儿醒醒谈了十四夜，我们也谈十四夜？

——听起来很不错，好像十四行诗……

——这第一行是什么？

——一切都是虚无，但曾经发生过的一切永存。

——父亲，走在虚无之路上，您看见什么？

——说来难以置信，眼前尽是生前熟悉，并且经历过的场景，就像此时此刻，父亲又变回的少年，正跟着你爷爷早起散步，走在太行山间的苞谷地里：晨雾笼罩着田野，太阳还没有爬上地平线，地里的苞谷叶上渗出一滴滴纯净的露水，苞谷秆在雾气中不时地发出细微的声响，窸窸窣窣，好像吐穗的声音，散发着丝丝清香。我们徜徉在苞谷地里，用手摸摸，用鼻子凑近闻一闻，好像是在揉抚自己的弟弟妹妹，对它们的成长感到满心欢喜，只盼着它们快成熟，到时候把它们一个个掰下来运回家去……

——父亲，您已经将它们运回来了，这天上食粮如此珍贵！

——这也是我在去往虚无之路上的收获。我庆幸自己度过了实实在在的一生，好像岩石里的花纹——要知道，孩子，虚无也是可以雕刻的，就像深海墓碑；茫茫宇宙间，充实饱满的灵魂有限，也只有他们来世有力量追随祖先，汇入历史长河，瞧，就在前面，那微红的溪流，环绕着高山流水……

——啊，微红的溪流，醒醒就是从那里来的。

——那正是我们家族的血脉。我的孩子，父亲走了，你留在这里；你在，父亲就没有离世。因为在你身上流淌着我的血液；血肉之躯你不可轻视，务必好好珍惜，因为那是灵魂在世间唯一的住所。父亲走了，就去那微红的溪水旁，那里有一片田地。

——我看见了，父亲，在《诗经》里，您正走在田头垄上，字里行间。

——是的，一世如一朝，想不到隔世重逢，我们相会在这片田地，你看，我的孩子——

彼黍离离，彼稷之苗。
行迈靡靡，中心摇摇。
知我者，谓我心忧；
不知我者，谓我何求。
悠悠苍天，此何人哉？

彼黍离离，彼稷之穗。
行迈靡靡，中心如醉。
知我者，谓我心忧；
不知我者，谓我何求。
悠悠苍天，此何人哉？

彼黍离离，彼稷之实。
行迈靡靡，中心如噎。
知我者，谓我心忧；
不知我者，谓我何求。
悠悠苍天，此何人哉？

——看见了，父亲，彼稷之苗，转眼抽穗、结实；一颗灵魂在另一个世界也是如此？

——正是，可父亲已成墟中人，如旧臣返乡，眼见得昔日繁华宫殿已成田野，田间彼黍离离……

——“知我者，谓我心忧；不知我者，谓我何求。悠悠苍天，此何人哉？”

第二夜 ——— “爸爸，您错了”

父亲，您去世后两年，母亲也走了。在这两年里，我们把先前对您的爱，都寄托在了母亲一个人身上，可母亲还是走了。您睁开眼睛就会发现，母亲正安息在您身边的青草之下。九泉之下的世界，我不得而知。而直到母亲走后，我才发现，这世界除了从前，再也没什么是真实的。普鲁斯特说：“唯一的天堂，是失去的天堂。”而我体会，唯一的真实，是从前的真实，它像海水一样漫过堤岸，漫过今日与未来。一如我与您交谈的此时此刻，不知存在于何时何地。但无论如何，它存在着，渗透并贯穿我过去、现在与将来的生命。

而回忆生命，我的眼前便涌来清清河水，您就站在河边，我和小伙伴们在河里游泳；流过村前的河流总让我想起您念诵的古诗：“山重水复疑无路，柳暗花明又一村。”您诵诗的表情也映在河面上，我看得真切又清晰。

而我在河里含一口水就含着整座村庄；河水的腥膻是我小时候不曾尝到，不曾衔起过的；而衔起河水的时候，我竟成了水中的燕子，一边游，一边飞；小伙伴们都上岸了，我还在顺水漂流，穿过荷叶、垂柳和倒映水中的那几幢黄墙蓝瓦的小楼，我的出生地。

父亲，本以为跟您说话会很清冽，很理性的，可谁知隔世的交谈刚一开始，眼前便烟笼雾绕，影像重叠。面对另一个世界的您，我不知自己在说些什么，就让村前的河水引领谈话，它流到哪里，我们就说到哪里。

我知道了，生死之间的人对话，会说出“别国的言语”。自您和母亲走后，我就不再在从前的国，而这一国仍是中国。我现在对中国的理解，就是生死之间，中正公义的精神王国。父亲，您留下的财富我们都收到了，就像姐姐在您的告别会上说：“爸爸，您错了，您总说从小到大，什么也没帮到我们，尽让我们吃亏，说我们的成长，全靠自己。可是，爸爸，您错了，您和母亲传给我们的正直善良的天性与品德，才是我们一生最大的财富。我们因此‘吃亏’，更因此得福；吃亏正是我们的福报，它让我们凡事首先想到的不是利益，而是与人为善，公正公义；让爱成为我们的立身之本。如孔子所说：‘君子务本，本立道生。’”

父亲，您常说起艰难岁月，从抗战到解放，从“反右”到“文革”，而最后您说：历经苦难，我们的心还是没有变硬……

——是的，我的孩子，我们经历的黑暗年代，后人恐怕难以想象：血雨腥风，饿殍遍野，夫妻互相揭发，朋友道路以目，学生扇老师耳光，子女与父母“划清界限”……黑暗年代让一些人心生恐惧和仇恨，随之变得刚硬、残暴，做出伤天害理的事情。但黑暗与苦难，却让我们的心变得更柔软；就像战乱时期，经历了逃难“跑反”，日本飞机轰炸，让我倍加珍惜亲人团聚，家庭温暖。

——父亲，还记得1976年9月9日下午，中央人民广播电台“向全国人民沉痛宣告”了毛泽东去世的消息。当时我正在楼下捉蛐蛐，就听见您在楼上大声叫我回去，回到家里，只见您神情严肃，把全家人叫到一起，说：“不要出门，战乱的时候，一家人要在一起……”当时我们并不理解，不知毛泽东去世，与战乱有什么关系，但是我们都记住了，战乱的时候，一家人要在一起。父亲，我想，这是战争年代给您留下的经验，也是您研究历史，知道当时局势紧张，一触即发，事后看来，您的担忧完全不是多余的，那一天之后，中国果然发生了一系列重大变故……

——你们今后也是，无论发生什么，一家人要在一起共渡难关。

——记住了，父亲，从这个意义上讲，您和母亲是真正的胜利者。“文革”时期，您下放劳动，又被“隔离审查”；警察领着居委会老太太，半夜敲门查户口，母亲不敢开门，他们就一直重重地砸门，用大皮鞋踢门；那个恐怖之夜，地动山摇，在我们童年记忆中，挥之不去。直到最后，母亲挺身而出，站在最前面，用身体挡住我们三个孩子，还有年迈的奶奶。平时胆小怕事的母亲，关键时刻，从容镇定。记得老太太冲进来质问母亲为什么不开门？母亲回答："因为孩子的父亲不在家，怕是坏人。"那些人无话可说，查了户口之后，扬长而去。我那时很小，但记忆深刻，我从此知道了"父亲不在家"意味着什么，更体会到了爱的力量，母爱之伟大。

父亲，回头想来，正是如此：历经苦难，我们的心仍没有变硬，而恰恰相反，黑暗年代，让我们倍加珍惜爱与亲情。父亲，您和母亲，只是平凡教师，我们家也只是茫茫中国一个普通家庭，但在漫漫长夜，凄风苦雨中，正是我们赢得了胜利：因为我们没有丢失爱，也没有学会仇恨；经历苦难艰险，惊涛骇浪，我们的家完好如初，家里每个人的心，也都完好如初。这是真正的胜利，最后的胜利。父亲，为此，再让我们多吃些亏吧。我们看似忍气吞声，却不战而胜；那些耀武扬威，肆意践踏别人的幸福与尊严的家伙们，当他们回到自己家中，幸福和尊严就会从天而降？鬼才相信。

——即便是这样的人，也不要去恨，我的孩子，恨来恨去，大家都变成了一样的人。要让仇恨的锁链从我们这里断开，就像普希金诗云——

我们忍受着期待的折磨，
静候那神圣的自由时光，
正如一个年轻的恋人，
等待那真诚的约会一样。

研究俄国历史，我深有感触，尤其是“十二月党人”革命。还记得我从前跟你说过的，革命失败后，一个名叫伊瓦谢夫的青年，被流放到西伯利亚的矿坑，他的未婚妻，一名法国女家庭教师，得知消息，从巴黎赶回彼得堡，而后她独自一人，找到了伊瓦谢夫的流放地，并和他结婚生子，一同服苦役，但之后没几年，两人都不堪折磨而先后离世——她枯萎，就像一朵南国的鲜花，在西伯利亚的荒野上注定会枯萎、凋零……

——记得记得，父亲，您一说起这个故事我就看见您了，还是从前的样子，眼含热泪，心潮澎湃……父亲啊，您可知这样的故事影响了我一辈子，让我确信，人类确曾有过这样高贵的灵魂，与这样的灵魂为伍，死而无憾。如今，您走了，儿已长大成人；对于人类崇高的理想，“虽不能至，心向往之。”父亲啊，您不要往华丽的地方看，往长江边的古镇陋巷、危房、棚棚里看，往江上私家小船，或轮船上的五等散席里看，就会看见您儿子的身影；起初，我以为是去拯救三峡，而最终是三峡救我；风土显灵，祖先从大地深处发出的声音……父亲，孩儿势单力薄，但信心强大，因为时时能从心底，感受到祖先与长江的祝福……

——其中也有我和你母亲，加入祖先的行列，我们并不孤独。

第三夜 ——— 召唤

——是的，我又看见您了，父亲，从飞机舷窗，看见您在雪白的棉田之上，父亲父亲，您又成了小孩，跟着奶奶在海上一望无际的棉田旷野摘棉花，木棉、红棉，棉桃绵延……我在窗内，您在窗外，就像小时候，您在家里，站在纱窗后面望着我，我在外面玩，从盛夏的白杨树上滑下来，而转眼已是茫茫冬雪，浩瀚云海……

——人生如白驹过隙，如露如电……

——但是父亲啊，当我再望一眼，您和奶奶都停下来，飞机也停下来；夕阳给雪地披上了大匹红绸；棉田绽开一个硕大无比的深蓝洞穴，那就是海，您就去那里，或是从洞穴中刚刚出来？洞穴空无，鱼儿却在其中畅游，一艘金光闪闪的云船浮出水面；而整个雪地顷刻凝成冰川，许多冰仙雪人儿并排站在夕阳里祭天祭海……至此，我也悄悄站在他们中间；或者说在他们中间见到您，我便立刻站到您身边……

父亲，我这会儿正从上海起飞，飞往多伦多，与生活在那里的老邻居相聚团圆，她们是喇叭、卓卓，还有歗歗、宴宴、阿宝……长年天各一方，却从未真正离散。就像日前邻居红缨从新泽西州发微信说“窗含新州一夜雪”，我对“枕藏故园百年春”。我们院子里当年的小孩儿如今已年过半百，他们看见我的时候都说，你父亲当年就是这样的。就像我把我小时候的相片放在桌上，醒醒就指着相片说：“把醒醒拿来，醒醒拿来……”

——看见了，说起这张相片，就想起“文革”时期，我下乡集训，家里来了一封信，附上了你的这张照片，我在拆信时，不小心将相片丢失，急得到处找也找不到，最后只好去广播站广播遗失启事，很快就有人拾到并交还。几个月之后我回家，看见你们三个孩子都长高了，看见我忽然回家，高兴得又蹦又跳……

——是啊，父亲，那是我们幸福的童年，可它哪里去了？想起您从前在家里踱着步，用俄语朗诵着普希金的诗——

> 哦，你飘到哪里，哪里去了，
> 我金色的春天，
> 明天将为我准备下什么？

人类金色的春天，也不知飘到哪里去了……

——我的孩子，父亲从来相信，历史存在于细节之中，每个人亲身经历，都承载着真实的历史记忆。一个人只要凭着良知真实记录历史，他终将会对一个民族，乃至全人类做出贡献。这一点，你不要怀疑。

——我深信。父亲，从您这里，得到了“画面记忆”（Picture Memory）。记得两年前，我们小学同学聚会，几十年不见，我一眼就认出了他们中的每一个。他们都感到吃惊，而我觉得自然而然，不认识才奇怪呢。回想起来，这不仅是一种记忆方式，更是一份历史意识，历史记忆——我总能将一个老同学的面孔，和从前发生的事情联系在一起。而这又是怎么来的？回想十七岁那年，我们家搬离了我生长的南京鼓楼大钟新村……

——那是1945年为庆祝抗战胜利，国民政府专为中央大学修建的教师宿舍，也是我和你妈妈的新婚居所。大钟新村，顾名思义，村前有一座大钟亭，亭子里悬挂着一口明代洪武年间的大铜钟，钟上刻着“洪武二十九年吉日铸”的铭文。相传当年明太祖朱元璋命大臣康茂才于十日之内，铸造铜钟，康屡铸不成，到了第九天，眼看父亲心急如焚，三个女儿沐浴更衣，投身炉火，于是出钟三口，大钟亭，就是其中之一。

——父亲，我们小时候就听奶奶讲过，还常常绕着那口大钟，试图从那莲花形的波纹里，寻找女儿的裙子呢，就这样绕了一圈又一圈，一年又一年。那铜钟里的女儿从未出现，却伴随着我们一起成长；如同钟声从未鸣响，我们却仿佛是在冥冥之中的钟声里长大的。父亲，您还记得吗？听说老房子即将拆毁，您还专门领着我回到大钟新村，给那六幢黄墙蓝瓦的小楼，连同四周的花草树木，红墙竹篱，一一拍照留念。而转眼间，整个老院子烟消云散，取而代之的，是几幢高大冰冷的水泥“火柴盒”。幸亏当初留下了那些珍贵照片，虽然是黑白的，但唤起的记忆色彩缤纷，有诗为证：“后山风中树低语，荷塘月下轻雾起”；“梧桐叶落连石径，牵牛花开掩竹篱”。这些相片和诗句伴我成长，告诉我什么是记忆，记忆是多么珍贵！

——当年普希金深入民间采访也是如此：有一次，他遇见一位曾见过普加乔夫的老太太，跟他说起普加乔夫的传奇经历，普希金由此写成了《上尉的女儿》。

——您知道吗，父亲，这样的老太太我日后在长江边也屡屡见到了！十七年前，得知长江三峡即将涨水，淹没一百多万人的家，许多古镇村落将永沉江底，我就一次次去那里实地采访，记录历史，连同神话传说、民间故事。这件事一做就是十七年，还在继续，回想起来，父亲，正是您赐予我这份历史意识与责任。而在我去过的每一座古镇，总能遇见一位了解历史的老人。而听他们讲述历史，如童年时听您讲故事一样，那份喜悦是连在一起的。父亲啊，能否告诉我，当年您为何要选择历史专业？

——那是1945年抗战胜利，我随中央大学东迁，从陪都重庆乘船返回南京。船过武汉，我看见几个脱下军服、缴械投降之后的日本兵，在码头上搬运货物，旁边还有一些中国人，用手势和他们打招呼，叫他们搬到这里那里，对他们的态度和对平常人一样。我想，这些人就是在中国到处烧杀淫掠的野兽，但中国人对他们仍如此和气，一方面是因善良，另一方面，这些日本兵也是普通人，只因被绑在了战争机器上，才变成了丧失人性的恶魔。当时我就很想探究为什么会是这样，而人类历史又是如何发展到今天这个地步的……后来我就下决心研究历史，研究了一辈子，最后的课题，落在了英国近代史上。

——这又是为什么？

——我跟我的学生也说过，英国人研究英国革命五百年，我们研究英国革命只有五十年，无论从历史资料及前人的研究成果等各方面，我们都无法和英国人相比；但是，我们研究英国历史，尤其是英国革命，有可能在某些方面超越他们；原因就在于，近百年来，中国历史上发生了持续不断的暴力革命；而对于革命，我们有切身体验和亲身经历，深知它的残酷性和给人类社会带来的危害与灾难；我们完全可以从一个中国人的视角，提出自己独到的见解，给后人提供有益的历史教训和经验。

尤其重要的是，我们学历史的人深知，历史不是演戏，在历史舞台上，流的是真血，掉的是真人脑袋。我研究欧洲近代史，了解到法国革命、俄国革命看上去跌宕起伏，比戏剧更精彩。但历史不是演戏，实际上非常残暴血腥：不仅将皇室家族斩尽杀绝，人民也遭受了难以想象的深重灾难。因此我主张，中国未来的现代化进程，应该吸取自身及欧洲历史的经验教训，走改良的道路，而不可重蹈覆辙。也正是在这个意义上，我在最后二十多年里，将主要精力投入到了英国近代史上，研究英国革命中的改良思想。

——您用心良苦，但结果如何呢？还记得小时候，曾看见您站在书房里，指着自己满屋的历史书说："我这些书，将来一把火烧了一点儿也不可惜。"

——是的，虽然只是个玩笑，但当时真那么想：因为即便你发现了历史规律，总结出深刻的历史教训，却于事无补，而面对汹涌的历史大潮，个人不仅无力抵挡，无力改变现实，而稍不留神，便成了时代的牺牲品。可是，孩子，离开人世之后，再看人间事，为父又有了新的感受。

——告诉我，父亲，您现在怎么想？

——历史放在百年来看，是一回事：生命苦短，帝王将相，可以一手遮天。但放在千年万年来看，又是另一回事：人类固然渺小，却是宇宙的精灵，万物的灵长。各国先民历尽苦难总结出的历史经验教训，属于全人类共有。因此，不要被眼前的黑暗遮住眼睛，继续凭良知记录真实历史，探求真相真理。相信终有一天，后世的人们会从中获益。

——记住了，父亲，继续凭良知记录真实历史，探求真相真理。而此刻，日落云海，夜雾苍茫，真相在哪里？真理又是什么？

——你看，我的孩子，恍惚停飞的机翼又开始策动前行；时光也是如此。父亲这会儿又回到小时候，正和奶奶一起，去往太行深山；爷爷也正在回家的路上；我族亲人尽管天各一方，灵魂从未失散。

——尽管天各一方，灵魂永不失散。父亲，还记得爷爷回家的故事吗？从小到大，您跟我讲过不知多少遍了，可我听起来，每一遍都不一样。

——父亲也是，每讲一遍，都有新的体会：那是战乱年月，你爷爷从郑州回太行山老家，回去一看，村里空无一人，乡亲们全都躲进深山避难去了。而正在这时，爷爷听见一个声音在前面引路；没有人，却传来一个声音，隐隐约约，忽远忽近；爷爷就跟着这个声音，一直走啊走，翻越崇山峻岭，直到第二天一早，天蒙蒙亮的时候，山谷里现出一座亮灯的茅草屋，一推门，奶奶和我就在里面，而奶奶告诉我，那天清晨，我刚出生……

——那天清晨，您刚出生？啊，父亲，如此说来，爷爷这一路回家，想必是听见婴儿啼哭，您的哭声？或是先人的脚步在前面引领？或是听见祖先神灵的召唤也未可知……

——这有什么区别呢，我的孩子，婴儿的哭声，先人的脚步，不是祖先神灵的召唤又是什么？正如宝玉生来便含着“通灵宝玉”，提醒世人“莫失莫忘，仙寿恒昌”；一代代先民，就这样转世复活。而无论如何，听见这冥冥之中的声音，分散在世界各地的我族同胞，灵魂兄弟，便会从四面八方赶来会合……

——正如此刻窗外，夜海幽深，“儿泣不止”，父亲啊，您正和祖先一道转世复活，在暗夜与我团聚。孩儿也将听从这召唤，如当年爷爷回家，翻山越岭，寻找亲人故居。

第四夜 ———— 瀑布焰火

——爸爸，此刻正是夜晚，大钟新村邻居聚在加拿大多伦多大瀑布前看焰火；礼炮隆隆，天女散花，烟花坠落时，我们都回到了小时候，坐在大钟新村河边，正对着北极阁山的斜坡。

——“我们是1959年搬进大钟新村的，”卓卓妈妈包紫薇阿姨说，“那时候，院子里美极了，前面有一条大河，河面都是荷花，岸边种着桃树、柳树，后面有一座山，山上长满野草，花草丛里飞着蝴蝶、蜻蜓，蹦着蟋蟀、蚂蚱，还有你们几个男孩儿……我们家住在17号，正对着河塘，河塘背后就是北极阁山，北极阁后边就是紫金山。每当国庆放焰火，我们这里看得最清楚，不用像别人那样，搬个小板凳去鼓楼广场看……”

阿宝又说：“那些焰火放过之后，一些没有燃尽的颗粒（镁）散落在院子里，我们小孩儿就去捡来玩，还能再燃烧一次……”

真是这样，爸爸，我也捡到过，还有条形的，燃起来“呲”

的一声，像一条小火蛇。我和小海、小毛当时就坐在河边蚕豆地里，一边看焰火，一边吃蚕豆；蚕豆甜丝丝的，蚕豆花睁着黑乎乎的大眼睛。我又看见喇叭姐斜躺在旁边，枕在妈妈的膝上仰面看焰火，看见妈妈灿烂的笑容。而关于喇叭妈妈的故事如何说起……时至今日，喇叭姐才告诉我，她的妈妈当年因爱上一位驾机起义的国民党空军飞行员，只身留在了大陆，而所有亲人都去了台湾，迎接她的，又是怎样的苦难！可是再苦再难的日子，都已随焰火升空，连同喇叭妈妈灿烂的笑容……

“到1968年之后，‘文革’高潮已经过了，运动也搞不下去，就不了了之了。”卓卓妈妈接着说，“当时南京大学迎来了一段相对宽松自在的时期，教师们纷纷从溧阳农场回来，我的小女儿庆庆他们这批孩子，就是在这个时候出生的。那段时间，男人‘搞路线斗争’，女人‘搞线路斗争’。什么意思呢？就是男人装无线电、半导体；女人就是踏缝纫机、做针线活儿。这就是‘路线斗争’与‘线路斗争’……”鲍阿姨笑道，说自己“文革”时还算好的，只是当了一回“五一六”，按当时说法：“五一六，家家有，不是亲来就是友。”

传说“文革”时，卓卓妈妈是“红总”（红色造反总部），爸爸是“八二七”[①]，二人政见对立，情感不和。直到后来，“八

① “红总”（红色造反总部）、“八二七”都是“文革”时期，南京大学教师队伍中分成的不同派别。相比之下，“红总”更激进，“八二七”更温和。

二七”与“红总”和解，于是又生了卓卓妹妹。我们借机求证，卓卓妈妈竟微笑着点头默认了！

——今天说起来轻巧，而在当时，却是暴风骤雨。

——是的，卓卓妈妈今天也只说了那么一点点，说她的父亲包国祯老先生，原先是江西南丰的一个实业家，一名虔诚的佛教徒，抗战期间曾宣传抗日，给难民缝制、发放寒衣；还曾在家乡南丰集资修建了一尊大佛，现在都还在。而解放后，不知怎么的就被打成了反革命，判三年劳改，1962 年死在狱中。

——这样的悲剧，那个时代普遍发生。

——卓卓继续说道：“有一次，我们几个小孩在宴宴家玩，就看见宴宴的妈妈，忽然脸色煞白，满脸惊恐，原来，她从窗口看见几个红卫兵正揪着宴宴爸爸头发，把他押送回来，紧接着就是抄家……”

——宴宴爸爸，是我们南京大学数学系的大数学家莫绍揆先生，早年留学瑞士，是研究中国数理逻辑的先驱者，“文革”时被查出所谓“历史问题”，天晓得，不知遭了多少罪，好在后来平反昭雪……

——还有耿以礼老爷爷，小时候就听说他从前是“恶霸地主”，还有人说，从他家箱子里，搜出过一根皮鞭。所以每次经过他们家，我们总是很害怕。还记得耿爷爷家门口种着一棵桃树，每年春天桃花盛开，黑黑的树枝，粉红的花瓣映在玻璃窗上；而屋里阴暗、凄凉：耿爷爷头发蓬乱，脸色苍白；他的妻子躺在病床上，不时地发出呻吟……父亲，这就是我童年对耿爷爷一家的全部印象。

——耿以礼先生是享誉国际的植物分类学家，早年留美，回国后一直在中央大学，及后来的南京大学任教。“文革”时同样遭遇不幸，1975年去世，骨灰就安葬于南京花神庙，那里还埋藏着当年郑和下西洋带回的许多花种……

——看呀，父亲，那些花今夜都绽放在夜空，我们都看见了。

“还有陈铨爷爷，”卓卓又说，“小时候，我们去陈铨爷爷家玩，当时他已经被打成‘大右派’，还没有摘帽子；我们钻到他们家小房间的床底下，就看见一个旧皮箱上贴着一个字条，上面写着：‘活着就有希望！’可惜陈爷爷最终还是没能挺过‘文革’这一关。”

——是的，陈铨先生是中国研究日耳曼学的先驱者，早年留学美、德，回国后从事翻译、创作。1942年，他创作的话剧《野玫瑰》轰动一时，这出戏演的是一个国民党女特工，在沦陷区设计除汉奸的故事，与郭沫若的《屈原》同时上演，成为当时重庆最轰动的剧目。女主角秦怡后来回忆说：“有一次，一些国民党空军官兵也来看戏，戏票已抢购一空，这些军人竟然在剧场门口架起了机关枪，强行入场看戏……”

——而小时候，在我印象中，陈爷爷矮矮胖胖的，戴着副黄边眼镜，整天低头不语，胡子拉碴的，后来身上就挂着个大牌子，风雪天站在毛主席像前低头认罪……而耿爷爷面孔苍白，偶尔从玻璃窗后面抬起头，瞪大了眼睛……窗前黑树枝上的桃花，片片凋零……再后来，这一切都消失得无影无踪。

——可他们毕竟来过人世间，留下了书籍，还有生命的足迹。

——是啊，父亲，探寻故人的灵魂与足迹，我发现了新的道路，新的自己。

——您听，我的孩子，今夜礼炮隆隆，逝去的灵魂都欢欣鼓舞……

——看呀，父亲，烟花璀璨，恰似故人生命，瞬间绽放，又转瞬即逝，汇入瀑布长河……

第五夜 ——"夜半远钟对月鸣"

——父亲啊，这是多伦多的春天，我们这里的夜晚，您那里又是什么时候呢？想不到异国他乡的凌晨，我又听见大钟亭内的悠悠钟声……

——我的孩子，这里无日无夜，小到一个点，大到无限，这里是起点也是终点。钟声来自前世，正如你听见的，而此刻，一元复始，万象更新。钟声如雪，在曙光中消散……

——是啊，父亲您瞧，您的阳光又从北极阁山升起，照亮我的童年……

——大钟新村是你的出生地，也是我前世人生一个新起点，你出生时的阳光，也照亮我们全家。

——儿时的朋友们，又聚在一处，那阳光灿烂的日子里，也发生了一些黑暗的事情。父亲，您听，歘歘姐轻声对我说：

"1966 年，我十一岁。爸爸在学校被贴了不少大字报，处境艰难。爸爸妈妈每天从学校回来都心事重重。有一天，我忽然感觉自己长大了，应该多做点事情，让父母高兴一些。这天，爸爸妈妈去上班之后，我就开始打扫房间，拖地板，掸灰尘，把屋里收拾得干干净净，把一家人的衣服都洗了。下午三四点钟，我去外面收衣服，想着一会儿把衣服叠好放好，再把晚饭做上，爸爸妈妈也就该回来了。可衣服还没收完，听到一阵嘈杂声，南大的红卫兵进村抄家来了。心里央求着：‘别来我家吧。’可是他们真的往我家来了！我跟在他们后面上了楼，打开门让他们进去。红卫兵抄出一本《资治通鉴选》，在走廊里糊了两张‘勒令’大字报就走了。一张是责问为何家里没挂毛主席像，‘勒令’马上请一张挂上；另一张是‘勒令’立即交出隐藏的《资治通鉴》一套。不一会儿，爸爸妈妈回来了，看到的是屋里翻得乱七八糟，地上踩满了脚印，走廊贴着两张‘勒令’。妈妈立刻带着我上街去请毛主席像。爸爸去学校向红卫兵解释，他只有这一本精选集。一套《资治通鉴》近三百卷，如何隐藏得了。那天最后的记忆是把毛主席像挂上了。其他都不记得了。爸爸妈妈没有注意到我那天的懂事和努力。我也从没提起过。提起来只会让他们伤心……”

“有一天，我在大房间，听见小房间里父亲在呻吟。一开始我害怕，不敢进去，可是一直在哼，声音越来越吓人。我推门进去，刚一开门就看见一张纸，像大字报一样挂在那里，上面写着：‘有电，不要靠近我！’我赶紧跑去对面敲门，叫来傅裕光的妈妈罗阿姨，罗阿姨进门拉掉了电闸，救下了我父亲。但是父亲因此失去了两根大拇指……”敔敔姐说，“以后我们一直很小心，避免提到大拇指，怕惹爸爸伤心。有一天，我学会了打响指，从外面回来很得意，问爸爸你会不会。话一出口就知道说错了……”说到这里，敔敔姐眼圈都红了，泪水夺眶而出。

父亲，我深深感激敔敔姐，许多年之后，竟向我这个当年的小邻居倾诉心声。

“父亲1967年自杀，救过来了，可是1981年，母亲又这样走了……”敔敔姐又断断续续，说了许多，父亲，假以时日，我要记录这段历史，到时再向您详细汇报。而面对聪慧美丽的敔敔姐，很难想象她儿时的经历，而对她的一生来说，那是怎样的隐痛！而正如喇叭姐曾对我说：“当年红卫兵去我们家抄家的时候，我还不到十岁，我妈妈就用双手蒙住我的眼睛。”

——这是我们做家长的普遍心理。

——可是父亲啊，早晚有一天，您们不得不松开双手，让我们独自面对世界。

——而那时，我想，你们的身心已足够强大，足以面对残酷的现实。

——是这样吗？我不敢确信。但父亲啊，您可知这样的教育，让我们从小相信这个世界，尽管也曾为此付出过代价，但任何时候，从未动摇过对于恩慈与仁爱的信心。

——这就足够了。

——是的，父亲，跟您说话，就如同倾听自己心灵深处的回音。而从小到大，我一直有个遗憾，就是从未听见过大钟亭的钟声，谁承想，今夜，钟声响了，父亲，我童年的美梦瞬间实现：“夜半远钟对月鸣，悠悠声绕村边亭……”父亲，我看见歘歘姐梳着小辫儿缓缓走来，踮起脚，从竹竿上收衣裳……而忽然间，电光一闪，白纸黑字赫然映现：“有电，不要靠近我！”……父亲啊，歘歘的父亲为何这样无情？

——恰恰相反，歘歘的父亲最爱孩子，即便为了尊严而不得不舍弃生命之时，仍不忘记保护孩子！

——原来如此！父亲，可是您瞧，我们大钟新村最美的女孩儿歘歘姐，她并未惊慌，关键时刻，迅速叫来邻居，救下了父亲！那一幕场景，让人想起大钟亭的神话传说：关键时刻，孝女拯救了父亲！

——正是。故园有福了！无论过去，现在或是将来。我的孩子，快去帮歘歘姐收衣裳！

第六夜 ———— “远鹤无前侣”

——父亲，我刚得到一本《怀素自叙帖》，知道这是您最喜欢的字，怎么给您？

——看见了，我的孩子，尽管在另一个时空，暗夜不暗，长夜也是一瞬间，我还是看见你送来的《怀素自叙帖》，真高兴，只有你知道，我最爱张旭、怀素。

——怀素也喜欢张旭，父亲啊，有这样的先辈，我们真幸运——身在尘世，“气概通疏，性灵豁畅”——“奔蛇走虺势入座，骤雨旋风声满堂。”“初疑轻烟澹古松，又似山开万仞峰。”

——是的，字与魂魄浑然一体，通灵通天，同自然万物，如“寒猿饮水撼枯藤，壮士拔山伸劲铁”。“笔下唯看激电流，字成只畏盘龙走。”飞龙在天，盘龙云游。

——如怀素所说：“幼而事佛，经禅之暇，颇好笔翰。然恨未能远睹前人之奇迹，所见甚浅。遂担笈杖锡，西游上国，谒见当代名公。”

——如今，为父也是如此，在上国西游，偶遇怀素；他送我一根手杖，我握在手里，竟是一根枯藤；悬垂瀑布之下，随月移风动……

——父亲啊，原来人在世间之时，人写字；离世后，字即人，人即字。细看《怀素自叙帖》，方才体会到您生前所向往之境界：柔中有刚，素朴庄严，于曼妙自由中，渴望神圣。

知道吗，父亲，您生前写下的字，在您离世之后，发生了神奇的改变，至少在我眼里：原先看不懂的，现在看懂了；原来静如枯藤、岩石，如今隐隐策动，时时传来您的气息与心声。如眼前的这幅字——

与君江海别，几度隔山川。
乍见翻疑梦，相悲各问年。
孤灯寒照雨，湿竹暗浮烟。
更有明朝恨，离杯惜共传。

这是唐人司空曙的诗句。我看见的版本，第一句都是“故人江河别”，而您写的却是“与君江海别”——直到您溘然离世，我才意识到这首诗一语成谶，仿佛您留给我的遗言，如此刻您正站在灯光里，透过书架上的相片望着我——相片上您大约只有二十岁，剃着光头，目光清澈犀利，如圣僧洞穿生死业障。我这样说并不为过，看见相片的人无不赞叹——那是爷爷传给您的精神气质，您传给了我，我又传给了醒醒……

——玉炉不断千秋火；“吾善养我浩然之气。”

——也正因为如此，您时常离群索居，直到晚年离开南京，隐居黄浦江边，不与俗世往来，独自回顾历史，返璞归真，写下史诗般的回忆录《逝者如斯》，将您个人的一生，磨成一面铜镜，映照出百年中国的苦难与追寻：从家族的起源，山西洪洞县的那棵老槐树，到太行山区的小山村；从陪都重庆，到古城南京；从培育莘莘学子，到经受磨砺考验；从溧阳农场的艰辛劳作，到南京长江大桥的建设……直到生命尽头，您所关心关注的，只是苦难人生的真切体悟，人类历史上血的教训，以及对后世的启迪。

父亲，孩儿少不更事，曾以叛逆为荣，与您无数次激烈争辩，如今想来惭愧不已，好在经过这十几年来的采风旅行，沿江考察，总算浪子回头，在根本问题上与您不谋而合，心有灵犀。

——是的，孩子，你最终成为父亲在世上的唯一知音。

——知音难寻，父亲，因此您走后，我只有继续与您谈心并一直谈下去，直到地老天荒；因为孩儿流着您的血，从血脉之中，总能听见您的声音，一如祖先的召唤，高山流水。可是父亲，为何此刻，您又沉默了，眼底皆流露出绝望与孤寂？父亲啊，已然挣脱了生命枷锁，您还在为什么忧心忡忡，殚精竭虑？

——“有国有家皆是梦，成龙成虎亦成空。”有生之年，壮志难酬，壮心未已，却只有在身后追随张旭、怀素，这一癫一狂，癫狂二僧，在字里行间龙飞凤舞，才是为父最喜欢的……

——果真如此，父亲，愿您常托梦于我，孩儿给您斟酒、研墨……

——这正是“醉来信手两三行，醒后却书书不得”……

——啊，这是谁的声音？

一阵沉默，云里传来袅袅回音——

远鹤无前侣，孤云寄太虚。

狂来轻世界，醉里得真如。

第七夜 ———— “杨花落尽子规啼”

——父亲啊，我们刚从阿拉加斯加旅行回来，趁这些天，家里重新粉刷了墙壁，等我们回来，一进门都吓傻了，满屋都是灰，所有家具都蒙着编织袋和塑料布。父亲，您知道，我们都怕装修，所以家里长年维持原样，本来挺好的；可自您和母亲离世，一切都变了——从前习惯了的生活已不存在，我们不得不做相应“调整”和改变：换了架钢琴，把从前的白墙，换成了意大利柠檬黄。而一进门就想起意大利，从前在战乱或地震之后，意大利人首先建立的是教堂。而如今，面对灰蒙、零乱的家，我们决定要做的第一件事情，就是挂出您的字。父亲，原来您和您的字迹，就是我们家的灵魂——果然，当我们把您书写的古诗挂在墙上，整个家庭立刻现出光芒，而所有灰尘，立刻散尽了，整个房屋和屋内生活都随之井然有序。父亲父亲，我曾教育孩子要“握住光源”，如今您留下的字迹，正是我们一家人的光源。

——其实无论生前身后，我们都是灵魂。而回头看我写的这些字，仿佛不是我写的，是祖先捉住我的手，写下他们的心声。

——就像小时候您捉住我的手，写下我最初的汉字？

——是的，所以汉字不是一代人写成的，是代代相传，祖先正是通过汉字，传递天光与心声。你看那“示”字，古文写作[illegible]，《说文》解为：“天垂象，见凶吉，所以示人也。三垂，日月星也。”这如同“上帝说‘要有光’，就有了光”。我的孩子，无论别人怎么看，怎么想，父亲深信，你也要相信，我族信仰，就藏在汉字里，有“示”部汉字为证。你要深入探寻，沐浴其中的日月星，它必照亮我族，直到千秋万代，你不要怀疑。

——父亲，孩儿已被照亮，这来自汉字血脉的心光，正是我族光源，只要这世上还有人认得汉字，这光明信仰就不会失传；而这一切，不在天边外，却在日常生活里。

——如前人所说：“不离日用常行内，直造先天未画前。”

——原来如此，父亲，回头看您写了那么多字，都符合您当时的心境；而您当时的心境也曾是古人的心情。因此，我从不为挑选哪一幅字发愁，只相信命运的安排。如这次旅行回来，我就从壁橱里随意抽出两轴，一幅挂在客厅，一幅挂在书房。客厅里的那幅是左思的《咏史》：

荆轲饮燕市，酒酣气益震。

哀歌和渐离，谓若傍无人。

虽无壮士节，与世亦殊伦。

高眄邈四海，豪右何足陈。

贵者虽自贵，视之若埃尘。

贱者虽自贱，重之若千钧。

——我喜欢这首诗，因为其中的场景，你看，荆轲刺秦王之前，正与高渐离一起隐身于集市屠夫间，一同饮酒和歌，抱头痛哭，这是怎样的知己，惺惺惜惺惺。

——是的，父亲，英雄壮志难酬，落得如此悲惨境地，而只等那一天，“风萧萧兮易水寒……”壮士出征，胜过千言万语。

——知子莫如父，我的孩子，父亲知你表面温和，内心勇敢。可“勇于敢则杀，勇于不敢则活”；“活着才有希望”。父亲要你好好活下去。即便身在异世，魂归故里，父亲也并不唱诵“风萧萧兮易水寒”为你送行。因为古往今来，我族从不缺乏豪杰英雄，仁人志士，可志士的鲜血屡屡白流，这又是为什么？重读《史记》，你再看看荆轲出征前，都经历了什么。

——父亲，我看了，都是些鸡毛蒜皮的小事：与盖聂论剑，盖聂怒目而视，荆轲转身溜走；与鲁句践下棋，起了争执，荆轲又一次默然逃离。

——可见真的勇士，从不在小事情上争强好胜，更不与市井小人一争高低，做无谓牺牲。正因为无所畏惧，勇士需要更大的耐心。忍耐不是缺失，是饱满充盈；不是懦弱，是更强的勇气，更大的信心。你能忍受怎样的屈辱，便能成就多大的事业。反之，什么都不能忍，必定一事无成。

——可父亲，我族忍耐太久太久，忍耐之后还是忍耐，莫如壮士一去……

——壮士一去，父亲为你送行；可与其携剑刺秦，不如钻木取火，唯思想之光，精神圣火，能破除愚暗，照彻万古长夜。

——如此说来，父亲，我们的小客厅将迎来四面天光，八方豪杰……

可是父亲，此刻，夜深了，客厅空无一人，只有月光就座，孤寂光临。我又回到卧室，透过您的字迹，只见黑树枝后面，风吹云动，月影飘移，听见满壁回音——

杨花落尽子规啼，闻道龙标过五溪。

我寄愁心与明月，随风直到夜郎西。

第八夜 ——— 父亲的困惑

——父亲，今晚我先跟您讲个故事吧，不久前，我遇见耿以礼先生的孙女乐乐，跟我说起当年，耿爷爷受冲击，被关押在学校里，好久没回家，家里处境悲惨。等爷爷再回来，看见孩子们百感交集，就问起他们的学习情况，乐乐说：我就给爷爷背了一首唐诗（秦韬玉的）《贫女》——

蓬门未识绮罗香，拟托良媒益自伤。
谁爱风流高格调，共怜时世俭梳妆。
敢将十指夸针巧，不把双眉斗画长。
苦恨年年压金线，为他人作嫁衣裳。

爷爷看见孙女小小年纪就那么懂事，那么有志气，又是心疼，又是欢喜，也给乐乐背诵了一首古诗，是明代诗人于谦的

《石灰吟》——

千锤万凿出深山，烈火焚烧若等闲。
粉身碎骨浑不怕，要留清白在人间。

回想起来，这就是我们大钟新村教育孩子的方式。父亲，您也是这样教育我们的。而我之所以说起这个故事，因为您书写的《石灰吟》曾挂在家里好多年。记得旁边还写着李白的诗句："松柏本孤直，难为桃李颜。"

——是的，父亲本来无心无意，却还是这样"教育"了你们。其实为父心里一直很矛盾，如东汉义人范滂，临终前对儿子说："我想让你作恶，但恶不可为；我想让你行善，可父亲行善一辈子，不做恶事，却还是因此丧命。"路人听见这话，都落下眼泪。这正是中国父亲普遍的困惑。范滂一身正气，大义凛然，早已看透了世道黑暗，却在如何教育子女问题上，感到矛盾重重。

——就像嵇康嵇叔夜，爱子心切，临终前还写下《家诫》，事无巨细，谆谆教诲儿子如何防患避险，最终还是没能保住儿子的性命。司马昭杀了嵇康，嵇康之子嵇绍却为司马昭的孙子，晋惠帝司马衷挡箭殉难。父亲啊，如今我也成了父亲，每读《家诫》，悲从中来。想起您临终前写给我的家训："传家有道唯淳厚，处事无奇但率真。"父亲啊，我还会将这家训传给孩子，可是“淳厚”、“率真”在现实世界这意味什么？

——“人之初，性本善。”真诚、善良，原本是我族天性。

——果真如此，为什么还会有吴起这样的人呢？

——吴起，那个杀妻求将的狠人，父亲向来嗤之以鼻，他不是天性不善，而是善心被功名和欲望吞噬了。

——不仅如此，还有像费无忌这样的毒蛇，潜伏在人群里……

——是啊，这也是父亲最担心的地方。当年费无忌陷害太傅伍奢，还要斩草除根，骗取了楚平王的信任，将伍奢扣押，并以伍奢的名义，让他的两个儿子回来。伍奢就说：“伍尚为人仁义，呼必来。而伍员性情刚烈暴戾，能成大事，势必不来。”果然，伍尚回来，立刻就被杀了；而伍员（伍子胥）历经苦难艰险，最终为父亲报仇雪恨。

——我一直记得这个故事，父亲，小时候就听您讲过，长大后再读《史记》，尤其是自己做了父亲之后，体会更深。“日光之下无新事”；历史总是在反复重演。就像当年，翻译家傅雷先生被扣押，叫他儿子回来，他儿子却没有回来……

——幸亏没回来，否则必死无疑。

——可是，父亲，我见过回来的人，让我更加尊敬。简言之，解放初，在长江边的忠县，有一位女子名叫冯光珍，听说她的父亲在家乡落难，就从外地赶回来，与父亲一同受难——那些积极分子让她手心捧油，然后点灯，将她的双手烧成终身残疾。可就是这位冯光珍姐妹，日后还在手上绑上毛笔，给乡亲写春联、墓碑，艰难活过了一生。父亲啊，这是我在三峡走访，了解到的真实历史。虽然未能见到冯光珍姐妹，只见到她的遗像，但是，父亲啊，相比于那位音乐家，我更尊敬这位默默无闻，忍受苦难的冯光珍姐妹，在我看来，她的名字应当载入史册。

——不要妄议他人，我的孩子，对于当时的历史，我们并不十分了解，何况在那样极端的情形之下，生死不明，善恶是非难辨。这也是做父亲的困惑……

——作为儿子，我希望自己届时能回来，父亲，可惜您已不在，我已没有了这种选择。而作为父亲，如果将来遇见这样的事，我现在就明确告诉孩子：快走，远走高飞，千万别回来！

——是的，大多数父亲都会这样想，要告诉孩子们，“活着才有希望”；若是死了，就什么也做不成了。我的小孙儿醒醒，他现在怎么样？

——醒醒已经上四年级，就要满十岁了，父亲，我先给您看看醒醒这学期在成绩册上的自我评价吧——“心灵沟通”“我来说一说”一栏中，醒醒写道：

我觉得自己很棒！聪明会想办法，十分劳动认真。我还有同情心，能够关爱集体，热爱环境。但我有一些缺点：考试粗心大意，字写得马马虎虎。不过我相信自己通过努力，一定能改正这些缺点！

——好！还记得我在世的时候，醒醒和我们一起去杭州玩，那时他才两岁，看见一个瀑布，醒醒就说："啊，我以前就是这个样子的，我比她还要亮！"

——是的，父亲，我们的孩子保持着前世记忆。记得有一年冬天，我们在雪地里堆了一个雪人，他说爸爸，我们给雪人造个房子吧。我问他为什么；他说因为它是从天上来的。我想，所有的孩子，也都是从天上来的。小时候，我们带他去坐游轮，晚上临睡前，醒醒就说："爸爸，不要关门，好让海在夜里，进来看我们。"前两天，我们第一次去看乐山大佛，一进寺庙他就说："这里我来过的。"

真是人生识字忧患始。好好一个孩子送进学校，每天高高兴兴上学，却常常哭着回来：因为学习成绩"不容乐观"；得不到小红花，就每天中午给班级打扫卫生，这样可以得一朵小红花。而因为成绩不好，就有同学说他："你将来长大了，要去捡垃圾的。"

父亲，我也常常困惑，该怎么教育？老师叫他的名字，让他去做作业，他说："我不在。"我们让他上补习班，他说："我的聪明脑袋都被你们搞坏了！"我想是的。不久前，我说，我们好好学习，不是为了成绩，是为了适应这个社会。醒醒说：“我们要改变这个社会。”说这话时，他芳龄九岁。

不久前，一次考试结束，大家都在路上谈论学习成绩，醒醒忽然停下来，指着路边的草坪说：“哎呀，你们看，那些草都枯了。”还有一回，我们在路上散步，前面一名女子不小心摔倒，醒醒就在后面偷偷抹眼泪。

——“自然既把眼泪赋予人类，就表明它曾赐予人类一颗最仁慈的心。”这是先知卢梭说的。

——还有一次，班里两个孩儿为争一支铅笔打架，醒醒上前劝道：“财物轻，怨何生？”那两个同学就不再打了，都说“铅笔是你的，不是我的”。一次坐地铁，我们把仅有的一个空座让给他，他坐立不安，随后站起来说：“长者立，幼勿坐。”这都是在私塾里学到的。父亲，现在许多孩子都在学双语，一心想早日出国，可我还是让我们的孩子利用课余时间去读私塾，他很有兴趣，《诗经》《论语》已背诵了多篇。至于将来，走一步，看一步。如果哪一天因为成绩不好而失学，我就带他去长江边旅行——“星垂平野阔，月涌大江流”；我就不相信我们的孩子会没有路走。父亲，无论别人怎么看，怎么想，到地老天荒，我必捍卫孩子的天性。只有在这个前提下，再说别的。反之，一旦天性丧失，心灵被扭曲，成绩再好也毫无意义，甚至为将来埋下隐患。

——是的，父亲支持你，你从前就是这样长大的。可叹无数家长，宁愿相信学习成绩，而不相信自己的孩子。我们过来人，看得很清楚。

——而实际情况就是，每个孩子天生自带一套上帝安装的“通灵系统”，而如今的全部“教育”，就是将它“卸载重装”，装上一套人为的“竞争系统”。而一旦碰见一个不容易“被卸载”的孩子，他从童年起，就开始忍受种种折磨。而一旦“卸载成功”，孩子看似在“体制内”轻车熟路，高枕无忧，可埋下的隐患早晚有一天会充分显露——一个从小在题海中乘风破浪，过五关斩六将的孩子，一旦考试“游戏结束”，即刻被晾在人生的荒漠上……惨痛的教训比比皆是，谁来负责，谁将痛哭？

——可叹人类文明，至今走不出这个怪圈——先知卢梭早就说过：“我们现在再也看不到一个始终依照坚定不移的本性而行动的人；再也看不到他的创造者曾经赋予他的那种崇高而庄严的淳朴，而所看到的只是自以为合理的情欲与处于错乱状态中的智慧的畸形对立。”

——可是，父亲，我们还在，还活在人世间，尽管默默无闻，但依旧按照坚定不移的本性去行动，始终保持上帝曾经赐予我们的那份崇高与庄严，淳朴与炽烈。

——我的孩子，无论活在怎样的世代，世人怎么想，怎么说，你都要坚定不移地顺从自己的天性，勇于行动。即便将来醒醒像你一样，也是值得的。

——当然，父亲，我最有发言权，我只晚两年上大学，就赢得了与自己相伴一生的幸福童年——我的童年，幸福绵长，闭上眼睛，我随时还感知童年世界真实发生的一切，而这些成为我日后人生最大的财富，和最丰沛的灵感之源。

父亲，我如何感谢您？还记得我第二次高考落榜，家里来了一些您的学生，您对他们说："你们学历史的，首先要把中文学好；我儿子中文就很好，你们要向他学习。"他们走后，您又对我说："你考不上不要紧，我们先考五年试试。考上是意外，考不上是正常现象，我们继续考……"好在下一年我就考上了，也就是我第三次高考，终于如愿以偿。多年之后，您的学生们回忆起这件事，仍唏嘘感叹。

——他们以为我是在鼓励安慰你，其实我是相信你，我的孩子，为父始终相信，我们必将为人类进步做出自己的一份贡献。

——啊，原来相信自己，才相信孩子。反之，怀疑自己，于是，从不相信孩子。只因对自己缺乏信心，就对孩子采取"高压政策"；而且越是对自己绝望，对孩子越是狠心。——"狠心都是为你好。"这是家长对孩子最大的谎言。

父亲啊，现在我们的醒醒就想当一名消防员，我全力支持他，相信他将来一定能救民于水火。

——祝福并保佑你们，我的子孙后代，愿你们顺从天性，保守心灵！愿天光注入我族血脉，源远流长，长存长明。

第九夜 ———— "未知生，焉知死"

——父亲啊，这是新学期的第一天，我清晨打开《薄伽梵歌》，如登上超然知识之舟，强渡苦海……

——而孔子所说的："未知生，焉知死。"我们民族的先知，强调从生命认知死亡，从一世领悟万世。正如我们此刻的对话，便是最好的证明……

——只因我们在有生之年心有灵犀，只因我们的血脉连在一起，死亡也不能阻隔我们父子之间的交流谈心。祖先传给我们的灵魂，我们会一直传下去。正如《薄伽梵歌》中说："熊熊烈焰焚木成烬，阿尊拿呀，知识的火焰也焚物质活动的业报成烬。"我想，岂止是物质活动的业报，连同善与恶，都被焚尽。

父亲啊，我曾目睹您的遗体被焚烧炉焚尽，只剩下一副骨架，一堆骨灰。我曾无比伤心，现在好一点，因为我发现知识的火焰还在，那些灵性的知识，也正是我们交谈时生发的火焰。

父亲，直到您离世我才发现，中国与印度的先知，彼此留下的知识并不矛盾：中国人讲阴阳，印度人说轮回。一阴一阳，正是轮的转动，轮回的结果；没有轮，哪有回？而轮若不转，便没了生命力。

所以我现在相信了，我族血脉之中，确实存在“通灵”：不仅在世知己，似曾相识，一见如故；隔世亲人也心有灵犀，随处重逢，如“海上生明月，天涯共此时”。父亲，我们交谈的地方一会儿在海上，一会儿在大钟亭，一会儿又在太行山里，而且您的年龄也一直在变——闭上眼睛，您就是年轻时的样子，面容清癯，精神抖擞；有时还会忽然变小，变成太行山上爬树的小孩儿，父亲，您爬的那棵柿子树上的柿子我已经尝到了，是您从树上扔下来的，那种苦涩之中的清甜，正是生命的滋味……

父亲，一转眼间，我已知天命，终于打破了法的分别心，知道诸天一体，如《说文》与《圣经》异曲同工。又如《薄伽梵歌》中所说：“当你如此掌握了真理，便会认识，一切生物不过是我的部分，他们全在我之中，而且属于我。”这个“我”是神是一，是祖先也是孩子，也是您是我，也是我们之间若有若无，似是而非，时隐时现的交谈不是吗？而所谓“仁者”即二人，按我现在的理解，这二人既可以皆为生者，也可以一生一死。“仁者爱人”；而人与人之间的关爱不仅限于此世，就像您此时如生前一样爱我，我也像您在世时一样爱您。正如《薄伽梵歌》说：“努力接近灵性导师，学习真理，询以疑难，全然顺从，而且为他服务，自觉的灵魂掌握了真理，能接受知识。”父亲啊，您从前只是父亲，如今既是父亲也是我的灵性导师，现在是，将来一直是，就像有一天，如果我不在了，或将成为醒醒的灵性导师也未可知。

“未知生，焉知死。”父亲，您生前身后传给我的知识并没有改变，只是我对它们的认知发生了变化。跟您讲两个小故事吧，父亲，都是您在世的时候，我还没来得及告诉您的：

您知道我的这本《薄伽梵歌》是哪里来的？是1991年，我和朋友一起去西南流浪时，在昆明云南大学遇见的灵性导师赐予的，那两位灵性导师一个是印度人，一个是意大利人，他们都从印度来，是印度Krishna知觉运动的传教士。他们一席话就让我顿悟了，心中豁然开朗，并感激涕零；可当他们要让我出家，随他们一起去印度时，我犹豫了：一方面，我是那样渴慕信仰，渴求灵性知识，尤其是在上世纪八九十年代那样一个特殊历史时期，而且不可思议的是，初次见面，其中一位灵性导师就把他的衣钵，一件印度手绣的亚麻长衫传给了我；但是，一想到您和母亲，我就不敢再往下想了，是的，最终阻止我让我没有出家的，不是什么宗教或价值观，还是您和母亲；血液里传出的声音阻止了我；抛弃父母，抛弃骨肉家园，对我来说是不可想象的。

起初，我还怀疑是自己“革命不彻底”，被世俗缠绕了，不能走向更神圣的事业；如今回想起来，当初其实不是我的决定，是我内心深处良知的决定。无所谓对错，是命中注定。而命中注定的，当然不会有错。当初我为了父母放弃出家，而如今您和母亲都已不在人世，我还是没有出家；因为对我来说，您和母亲并没有离开，仍在我们的家庭里，何况我自己也有妻儿需要照顾。

父亲，我现在比以往任何时候都更加确信：我们的家庭是神圣的家庭；人类的家庭，连同家族与民族也是如此，都是神圣的。世俗不俗，只因神与一无处不在。而为何非得离开这里去那里呢？若找到了神与一，找到自身的来源与神圣祖先，这里那里都是神圣的，都是神，都是一。反之，人若不觉悟，没找到，去哪儿也无益。

不久前，偶尔看到一位出家的父亲[①]写给儿子的一封信，说他离开家是“为了寻求更深刻的真理”。我看了之后很心酸，尤其是这位父亲说道：“上一次我和妈妈去看你，那算是世间的最后一次，你送我下山，你拉着我的手说不愿走近路，宁可走远路，是为了和爸爸在一起的时间多一点。写这封信的时候，还有一个月你就七岁了，虽然暂时可能还理解不了出家这种比较深刻的问题，但是有些事情我觉得还是可以说清的，在你成年后，你读到它，也许会对你有点益处。”而作为成年人，细读了这封信，我想说，相对于儿子要走的那段“远路”，这位父亲还有很长的

---

① 《半路出家》作者刘书宏先生。

路要走。

——在为父看来，这对父子的分歧在阶段，不在总体，在路径，不在根本，好比各自上山，一个从南坡，一个从北坡，但愿这对父子，早日团圆！

——可父亲，如今我也是父亲，只想告诉这位父亲：现世的团聚是短暂的，分分秒秒都那么珍贵；隔世的分离是永久的，何况亲生父子！

——我的孩子，莫妄议他人。只是在我们的家庭，如我族先民，父母子女，血肉相连，血脉相连，即便死亡，也不能将我们分开。

——正是，父亲，直到您和母亲离世，我才真正体会到父母于我，即对于一个中国人意味着什么，正如《诗经·小雅·蓼莪》所云：

蓼蓼者莪，匪莪伊蒿。
哀哀父母，生我劬劳。

为何同一个生命，一根草，生长于天地间，原先是“莪”，再看是“蒿”？只因父母不在了。“子欲养，亲不待”；蓼蓼者莪，瞬间变成了野蒿。原来父为天，母为地，父母即天地，而孝敬父母，即是报答上苍上帝。

——正是，我的孩子，为父如今也才体会到，一种非宗教的宗教浑然天成，存在于每个中国家庭。每一家都是神圣的，只要父慈子孝，慈母手中线，连着游子身上衣……

——“谁言寸草心，报得三春晖！”一根看不见的红线，慈母手中线，就这样连着父母儿女，如血脉生生不息。如此说来，父亲，孩儿何曾片刻离开天地父母，神祇上帝！

——正是，生于华夏，我族何等幸运。而觉悟到这一点，我的孩子，你当更加坚定信仰，守望家园，切勿让故国家园被滔滔洪流淹没了。我的孩子，你任重道远。

——有您和祖先与我同在，孩儿并不孤单，父亲，何况您的离世，就像出了远门，我知道父亲您还在，从前在家里，如今在天地间。不久前，朋友送我一副春联，我没有把它贴到门外，而是贴在了门内家里，这样出门就成了回家，回家即是出家。

而无论在家里门外，孩儿都能感觉到您和母亲，如天地与我同在。

父亲，还记得从前我去西双版纳旅行，在原始森林的一座寺庙里，遇见一个小和尚，他想还俗回家，又想留在庙里，问我该怎么办。我说：“你人要回家，心要留在庙里。”当时只是一说，如今想来，是这个道理。

——没错，家也是庙堂，出入只在人心。

——正是，父亲，正如此时此刻，您坐在空屋里，谈笑风生。

第十夜——大往生

父亲，我在敦煌画册中看见一幅壁画令人震惊，那是榆林窟第25窟北壁，唐代的一幅“老人入墓”：画面是一位白发老人，身着白袍，头戴乌纱帽，腰束青带，端坐在胡床上，右手策杖，左手拉着掩面哭泣的亲人……佛经中说：在弥勒世界，人之将终，会自行走进墓室，画中老人就这样从容告别世界，就连四周的树木也依依不舍，菩提树的叶子慢慢摇动……父亲，您也是这样与我们告别。回想起来，您临终前几天，就说自己不行了，叮嘱我们：“有一天我走了，不要惊动任何人，不举行任何仪式，把我的骨灰撒到黄浦江里，冲进大海。你们高高兴兴地生活，Bye-bye。”您说着还一转身，做出告别的样子，面带微笑。我们总以为您在开玩笑，现在回想起来，您那一转身真的走了，永别了。临终前一两天，您又补充道：“要是可以，剪一束我的头发或指甲送回老家，葬在爷爷奶奶墓前的泥土里。”然后，一天傍晚，您和母亲在小区里散步，您想再多走一会儿，妈妈说：“累了，先回去了。”您笑着说：“当然要服从领导。”就跟着妈妈回去了。那是在上海黄浦江边的那个小区里，那晚我不在，等我第二天一早接到妈妈的电话，说您不行了，让我快回来。我回来时您已经走了，和您平常熟睡时一样，神态安详。我给您刮了脸，换上您平日里爱穿的衣裳。您就这样走了，头天晚上还谈笑风生，一觉就睡过去了。后来发生的事就不说了：原来大悲伤忽然降临时，人会自我屏蔽；回想起当初自己那份平静与坚强，原来只是麻木了，当然也瞬间意识到自己肩上的责任不提。

父亲，您这样一走，我才想起历史上也有这样的人物，比如《后汉书》记载：郑玄在公元200年就梦见孔子对他说：“起，起！今年岁在辰，来年岁在巳。”就知道自己生命即将终结。后人解梦曰：“辰为龙，巳为蛇，岁至龙蛇贤人嗟。”《晋书》记载：谢安于385年，“忽梦乘温舆行十六里，见一白鸡而止。”知道自己将于桓温去世后十六年，寿期将至。父亲，也不知您在生命中的最后一夜，梦见什么？

——我梦见自己“飘飘何所似，天地一沙鸥”。而沙鸥化成沙粒，飘飘洒洒，落在黄浦江中。所以起身写下遗嘱：“……不举行任何仪式，把骨灰撒入黄浦江，冲进大海……”

——看见了父亲，原来您早有准备。后来我才听说，离世称往生；而这样的离世，称之为大往生。我孤陋寡闻，而“往生”

这个词给我的第一印象就是：往生命里去，到永恒中去。

父亲，您今日沉默，用影子回应我。无声之声，如往生往来无穷。您临终前的音容笑貌，历历在目——记得一周前，我带您去医院检查身体，李医生还笑着说：“恭喜您啊，王老师，所有指标都正常。”可见您真的是无疾而终，一觉睡过去了，没有给我们添任何“麻烦”，却让我们措手不及。而回头想来，我这才意识到，在国人心目中的“五福”，一是长寿，二是富贵，三是康宁，四是好德，五是善终。父亲，您以自己一生的正直、仁慈，修得五福。当为孩儿心中楷模。

一位佛教徒说：您是修行人，修得大往生。而我不知道，也不敢说。想起当年孔子病重，子路要为他对天祈祷。孔子说：“丘之祷久矣。”原来孔子“敬鬼神而远之”，却以日常生活的点点滴滴，祈祷修行。我想，您也一样，父亲，面对各种宗教、各种思潮，您选择安心做一名中国人——您从未去山里修行，却“不离日用常行内”。父亲，您走后我才意识到，我们的家庭即是神圣庙宇。

——正是，我的孩子，你的大钟新村，就相当于父亲的太行山，山区里的那个小山村，和你爷爷、奶奶在那里度过的苦难而幸福的童年，影响了父亲一生。从某种意义上讲，那里就是父亲的圣地和神圣庙宇。我族祖先不妄谈宗教，却不是不信。父母即天地，祖先即神灵。这显而易见的真理，不足为外人道也，只在我族、我们的家庭代代相传。

——是的，父亲，您从小就告诉我，爷爷过早离世，您就与奶奶相依为命。我们的成长过程中，都看在眼里。还记得三十多年前，奶奶去世的当夜，您执意要为奶奶守灵，说："我们一走，奶奶一个人多孤单……"于是，我就陪着您一起，在南京鼓楼医院太平间后门口，待了一整夜，说了一夜的话。回想起来，那是我人生中极其珍贵而难忘的一个夜晚，也是我人生一个新的起点。那一夜，您几乎回忆了自己的整个一生，尤其在父母身边度过的童年……而最后您说道："虽然我已经五十多岁了，从前总感觉自己还是个孩子，因为奶奶在，在奶奶面前，自己永远都是孩子；现在奶奶一走，就觉得自己一下子老了。"父亲，还记得您说到这里，天刚蒙蒙亮，曙光越过紫金山，穿透医院阴冷的墙壁，照在我们身上，也照亮身边的奶奶。那时，我就一下理解了何谓这世上的光芒，那光中自有故园温暖与亲人灵魂。

——正如此刻，我的孩子，我回到云雾之中太行山，和爷爷奶奶在一起，你听，奶奶又唱起老家的童谣：

大雪砰砰下，柴米涨了价，
烧了板凳腿，棒槌又害怕。

——啊，听见了，我的父亲，原来今世的苦难，到了另一个世界会变得如此甜美；而奶奶沙哑的嗓音，无疑成了天籁之音。

——正是，只因亲人之爱如上帝之光，昨在、今在、永在。

——而有生之年我已经恍惚了，父亲，您可知在您走后，我常带儿子去游泳，我教他游；他扑腾着水花向我游来的那一瞬间，我就感觉自己是您，而那个扑腾着水花奋力游来的孩子，正是小时候的我自己。还有的时候，中午靠在床上打个盹，午后的阳光照得人昏昏欲睡，眯着眼睛的那一瞬间，我就成了从前的您。您从前总这样午休，而现在午休的，是您还是我？您常附着在我身上，并屡屡托梦给我：有一次，我梦见您坐在屋里说话——还是年轻时的样子，侃侃而谈，并做着各种手势，而说着说着，动作忽然慢下来，慢着慢着，就不动了，身体变成了紫金色，如铜像一般。后来，一位佛教徒朋友告诉我，这便是佛教中所说的紫模金身。我不知道，但确曾这样梦见，那形象无比清晰，和您生前一样。

父亲啊，在此，我诚惶诚恐地向您汇报一件事情，您可不要怪我呀：您走之后，我们并没有按照您的遗嘱把骨灰撒向大海，除了因为实在不忍不舍，还有一个更重要的原因就是，在您去世后的第二天，我做了一个梦，梦见自己和大姐两个人，走进一个阴暗空阔的菜市场，而我怀里捧着一缸金鱼，鱼缸里的水，像水银一样晶莹透亮，光芒闪烁，但却晃动不停，总也扶不稳，眼看就要泼出来，里面红白相间的金鱼极其纯净美丽。可金鱼在鱼缸里不安地游着，把水银般的水滴都溅出来。我很紧张，也很担忧，不知将这一缸金鱼安放在哪里，就只有捧着金鱼，在阴暗的菜市场走来走去，寻寻觅觅。姐姐就在身边，看着着急，也帮不上忙。而菜市场里冷冷清清，人都收摊了，气氛阴暗诡异。而就在这时，我一不留神将金鱼缸打翻，整个鱼缸，连同其中所有红白金鱼全部掉进一个浑浊的大鱼池里。许多泥鳅，连同灰暗的鳝鱼、鲇鱼在浊水中上下翻腾，而我的鱼缸和金鱼一旦翻沉其中，就再也找不回来，即刻被浊水和肮脏的鱼群所淹没、吞噬。哎呀呀，怎么办，怎么办，我着急万分，就吓醒了。爸爸，这是您托梦给我吗？大姐说是的。当我把这个梦从头到尾详细告诉大姐，以为此梦无解，没想到大姐一语道破天机，说这缸金鱼就是爸爸的骨灰，所以不能撒进黄浦江，因为江水浑浊，太不干净……我恍然大悟，尤其是就在梦醒之后的当天下午，自己果然在怀里捧着那热乎乎的无比珍贵的盒子。所以我们全家经过反复商议，决定不把您的骨灰撒进黄浦江里，而是安葬在了福寿园公墓，那是一片临水的草坪，墓旁水边，有两棵大柳树。母亲也很满意，在给您扫墓时就说：“我过两年来陪你哦。”果然，现在母亲来陪您了，愿您们永不孤单。

——我的孩子，父亲的灵魂自由自在，上天入地，刚才还在太行山云游，转眼又飞越沧海，来到海边异国他乡的金顶山上，一片雪白的居所——父亲不是也曾托梦给你吗？

——是的，是的，我后来又梦见您渡过沧海，来到西海岸的金顶山上，那房屋白雪皑皑，屋顶金光熠熠……

——所以我的孩子，不要纠结，也不要在意我的骨灰埋在哪里，那些都是父亲生前所想，身后早已忘了这一切，我的孩子，父亲因前世坦荡荡，而获得身后大光明。

——啊，太好了，父亲，这是我听见的最好的消息，胜过人间喜讯。不过，父亲，我还想问一问呢，您听见蝉鸣吗？在您的墓里，我搁了一只玉蝉——我从小就喜欢捉知了您是知道的；夏天傍晚看知了脱壳，是我们全家的一桩美事；那是我刚从门前的白杨树下，从雨后芬芳的泥土中挖出来的土知了；把知了搁在纱窗上，看它爬着爬着，就待在那儿不动了；然后我就在旁边插上一根青树枝，让它从中汲取树汁。然后，到了晚上，土知了的脊背就慢慢裂开，一只嫩白的身躯缓缓破壳而出。第二天一早，一只鲜嫩的金蝉便挺直双翼，出现在曙光初照的金色纱窗上。

父亲啊，那会儿您总是一开窗，看着它飞走，尽管我那么舍不得。如今却是我一开窗，看着您飞走——不与您彻夜畅谈，真不知道您早已不在土中。父亲，孩儿知道您已经随玉蝉一同飞走了，在茫茫宇宙间任意遨游。

第十一夜 ———— 乡音

——父亲，您走得突然，让我们措手不及。而您早有准备，在遗嘱中明确说明，不举行任何仪式；可是母亲不忍，说花圈总不能没有。因此，遵照母亲的意愿，我们献上了花圈，简单告别。而这里我想向您汇报的是，在与您告别时，我擅自决定，不放哀乐，而播放您生前最爱听的豫剧，我选了常香玉的《花木兰》中的一个片段——

这几日老爹爹疾病好转，
举家人才都把心事放宽。
且偷闲来机房穿梭织布，
但愿得二爹娘长寿百年……

而听到这一句，仿佛您的病情真的好转，举家人也都把心事放宽，父亲，这不仅是我的心理感觉，我看见您的脸上也流露出一丝欣喜，不是吗？

——是的，孩子，不放哀乐就对了，为父无论生前身后，都怕听哀乐，那莫扎特的安魂曲，听见心里就非常沉重压抑。

——我至今记得，父亲，这也是我擅作决定的一个理由，当然还有更重要的理由，我们全家人都知道，您一生酷爱豫剧，尤其喜欢常香玉的各种唱腔唱段；而从传统豫剧，到《朝阳沟》，您不知听了多少年，多少遍。回想起来，您对豫剧的痴迷，显然超出了一般戏迷，其中一定包含着更深层的情感……

——你说对了，孩子，在告别人世之际，听见豫剧，确实令人欣慰。你知道，地方戏自幼就融入到我的血液，渗透到我的骨髓中；以后，无论在何时何地，一听到家乡的地方戏，河南梆子（豫剧），立刻热血沸腾，沉埋在心底深处的纯真情感，立刻浮腾上来，尘世间一切的繁杂思绪，悲欢和烦恼都消退化解，灵魂顿时得到净化，以前曾经历过的爱恨悲欢又重新复活，心跳加速，眼泪不由自主地流出。有时，听着乐声，思绪会游荡于无边无际的时空，想象中呈现出太古洪荒时代，渺无人迹的大地，除了寂寥无声的星球在运转，一切都空无所有。我生前还不知道怎么会发生这样的联想，如今已然听着豫剧来到这里——星空寂寥，浩渺无垠，仍伴随着记忆深处那美妙乡音。原来乡音不仅让一个人在有生之年获得喜悦，也能让灵魂在身后获得安慰。

——果真如此，孩儿这就放心了，当时做出这个决定的时候，很多人都感到惊讶，都说这个决定好大胆，违反常规常理。可我并不这么认为，我这样做也是有依据的——孔子说：“祭如在，祭神如神在。”那么我想，祭祀或告别父亲，也好像您在场一样，因此，给您播放常香玉唱的《花木兰》是没有错的，因为您生前对豫剧的痴迷，我们做子女的再了解不过。

——是的，我的孩子，为父在有生之年，曾将不少西方古典音乐仔细欣赏了一番，确实也感到这些伟大乐曲的优美；然而无论如何，对这些音乐的感受，都只停留在我的脑海和理智中；而我一旦听到家乡戏曲，却立刻心灵为之震撼，血液为之沸腾，我一直在想其中的道理……

——我也有同感，父亲，对地方戏虽然没有您那样痴迷，但我深深理解您所说的“乡音”。还记得十多年前，我曾和一位好友在美洲大陆漂泊旅行，那时我们没有目标，旅途和生活一样，前不着村，后不着店。两个人租一辆车，去青山州看枫叶，走着走着，旅途都虚化了——起初还看地图，到这里那里，后来干脆随意转动方向盘，在北美洲之夜，漫无目的地漂泊，一度误入加拿大，在荒野一路狂奔，差点儿就到了蒙特利尔。而这样的感觉并不美妙，终于陷入虚无，没有目标。当时，朋友们都劝我留在美国，我正犹豫不定；折回纽约时，忽然在车里听到程砚秋的京剧唱段——

将身儿来至在大街口，
尊一声过往的宾朋听从头，
一不是响马并贼寇，
二不是歹人把城偷，
杨林与我来争斗，
因此上发配到登州。
舍不得太爷的恩情厚，
舍不得衙役们众班头，
实难舍街坊四邻与我的好朋友，
舍不得老娘白了头。
娘生儿，连心肉，
儿行千里母担忧。
儿想娘亲难叩首，
娘想儿来泪双流。
眼见得红日坠落在西山后，
叫一声解差把店投。

坐在黑暗的车里，听见这乡音，泪水扑簌而下；车窗外依旧是纽约的万家灯火；而我这才意识到，纽约只是一个店，一座客栈，我不如回去。就这样，在不到一个月的时间内，我结束了漂泊天涯的旅途，回到北京。

父亲，我还算不上戏迷，可人在异国他乡，瞬间就识别出了自己的“乡音”——世界各大教堂的圣歌，都不曾让我落泪，而一听这乡音，我便止不住泪水。

——这正是我们的幸运。很多民族也都有自己的民间音乐，一听便会如醉如痴。幸运的是，我们也有自己的乡音。而那些没有乡音的人，如没有根的树木，没有母亲的孤儿。

第十二夜 ——— “船到滩头水路开”

——父亲，新学期开始了，我又像往常一样精神饱满地去迎接新生。尽管做不了什么，只是指指路，看看他们——这是秋天，北京的金秋，多少次多少年了，我又看见那些背着脸盆、书包，操着各地方言，在校园里东张西望的新生，总感觉祖国大地又吹来一股清风，吹散了人世间的一切阴霾。还记得从前遇见一位内蒙古新生，我问他来北京是什么感觉？他说：“感觉就像一只羊，掉到了骆驼群里。”当时我还酸酸地说了句：“没关系，羊有草原，骆驼只有沙漠。”而父亲啊，您一走，我忽然感觉自己也掉到沙漠中去了——岂止是“知交半零落”，整个世界，看似还是原来的样子，但一切又都变了——

尤其是您走后不久，母亲也去世了，我变得异常敏感、脆弱，不像从前那样宽容大度了，连我自己也感到吃惊：从前不在意的事，现在在意了；从前可以原谅的人，现在不原谅了。那些曾有意无意伤害过我的朋友，我不声不响地将他们直接“删除”了——回头想来，与其是他们有错，不如说是我自己变了：失去父母对我而言，仿佛一个家财万贯的人，一夜间一贫如洗尽；无论你愿不愿意，整个世界，一切都变了……

——对父母而言也是如此，我们从一个世界，来到另一个世界。可这有什么关系呢？我的孩子，变化的，一直在变；不变的永世不变。而无论天地宇宙如何天翻地覆，你永远是我们的孩子，我们永远是你的父母。

——这样说来，给我好大的安慰啊，父亲，你告诉母亲，我也是这样想的。告诉母亲，我们父子对话，母亲从未缺席，她一直在旁边看着我们，为我们一家人永不离散而感到欣慰，两个姐姐也是，一直在我们身边，我也在替她们与您和母亲交谈。

——是的，我的孩子，母亲也让我告诉你，我们走了，还会回来：不仅托梦，寄托心愿，也在山水草木，空气阳光里，以另一种方式回来……

——我时时能感觉到的，父亲，尤其是夜深人静时，无论是月光如水，或蟋蟀在堂……从前是我从父母处体会天地万物，如今，我只有从天地万物中寻找父母了……

——可见我们并没有消失，我的孩子，找回父母也并不难，只要你爱人如爱己，你自然会从天地万物和自身的血液中，发现父母的灵魂……

——父母在与不在，原先是一种真实，现在是一种发现。父亲，当我独自去三峡采风，母亲就是江水，托起我的船；而父亲，您就是两岸青山向我走来……

当我走进敦煌石窟，母亲就是观音，您就是石佛，从前冷冰冰的，如今都在向我微笑，那笑容如此亲切温暖。父亲，原来我不需要宗教，是因为我找到了——当我通过智慧、灵性与思念找到你们，我还需要什么宗教？什么宗教不在我心中，不在我们之间呢？父亲，所谓宗教，就是超越生死，在生者与死者之间建立永久的联系与沟通，我们已经达到了——

——是的，但因此你要更加虔诚，更加尊敬人类有史以来，每一个民族的每一种宗教，而不是相反。你要记住：“君子有三畏：畏天命，畏大人，畏圣人言。”如《箴言》所说：“敬畏耶和华，是一切知识的开端。”

——记住了，父亲，而关于穿透各民族与各种宗教的界限，您知道孩童最擅长。我自己的亲身经历就可以证明这一点：还记得吗？父亲，小时候，家里有本《俄罗斯名画集》是母亲从苏联留学带回来的，装帧精美，色彩逼真，我们经常翻看。还记得其中有两幅画作，给我印象最深：一幅是列宾的“伏尔加河畔的纤夫”，另一幅是布留洛夫的“庞贝末日”。而后来的经历，让我将这两幅画神奇地联系在了一起——

2000 年冬天，我去了古城庞贝，走进了那幅画中，那段历史。当时我才了解到，关于这场大灾难，虽然存在大量实物，乃至整座古城作见证，但作为历史，不可或缺的文字记录却少之又少，只有一名叫小普林尼的地方官，写给当时古罗马历史学家塔西佗的两封信，一封信写到他的叔叔普林尼的遇难过程，另一封信则详细记录了公元79年，维苏威火山大喷发的情形：“火山爆发的云团像棵松树，直入云霄，然后从顶端开始‘分杈’，生长出若干‘枝丫’，像树干一样忽明忽暗，明暗相间，中间裹挟着尘土与火山灰……”我是在2000年庞贝古城现场看到这两封信的，当时就听见冥冥之中传来一个声音：“这里被火埋，那里被水淹，你快回去，快回去！”父亲，我后来才意识到，这意味着什么——因为三峡工程的缘故，长江即将涨水，一百多万人的家乡，许多千年古镇即将沉入江底，而谁来记录淹没区的历史和正在发生的一切？那个人就是我。父亲，我当时的想法，如日中天，至今朗照身心。

这样一想，来年我就出发了，从2001年夏天起，去三峡采风写作十七年。尽管仓促上阵，所记录的历史也很不完备，但字字句句，都凭着您赐予我的良心真实记录。如今《长江边的古镇》系列作品（五部）已经完成出版，虽然是自费，印数也很有限，但相信这段历史已然存活。一想到那些江水孕育的神话传说、民间故事、船歌、民谣、家谱及个人亲身经历再不会失传，就感觉自己做了一件有意义的事情。而长时间的采风采真，也让我认识了自我与我族传统，并时时感受到江河大地和祖先的祝福。

父亲，这些话只有跟您说，就像您晚年对我说，我是您在世上的唯一知音。父亲，您赐予我一个志向，我深信，而我族血脉中，必存在一种召唤，来自亲人、祖先与神灵，他们是一体，就像当年爷爷在回家路上，听见冥冥之中的那个声音……

父亲您看，童年经历对一个人的影响是如此深远，以至于决定了一个人的命运。没想到童年家里的那本俄罗斯画册会影响到我一生：从“庞贝末日”，到“三峡淹没区”；从“伏尔加河畔的纤夫”，到长江边的纤夫、移民……这一切的一切，都是宿命。

父亲，这十七年，一路让我想起奥德修斯的“返乡旅程”：原来人类之心彼此共通，古人今人，心有灵犀。想起当年，奥德修斯率领船队来到一座岛上，这里住着一群“吃蒌陀果的人”(lotus-eater)，而人们吃了“蒌陀果”都变得优哉游哉，浑浑噩噩，忘了返乡，也不想再做什么。父亲，在长江三峡，我一路看见这样的人们。我遇见文天祥的后人（他给了我他父亲留下的遗作，其中包含着文氏族谱和历史掌故），而他却不知道文天祥是谁。我寻问往事，人们大多回答：“晓不得。”或反问我：“你问这个，是什么目的，起啥作用？”甚至有人把我当成台湾特务。而更令人伤心的是，一代青年对故园及家族的历史一无所知，了无兴趣。历史的断层横在眼前。但是，父亲，我不能说：“好吧，既然如此，我们都忘了吧，忘了沉重的历史，先辈的苦难与神话传说，一起都来吃萎陀果吧，变得浑浑噩噩，像‘僵尸’（Zombie）一样多酷。”——父亲，我一秒钟也没有这样想过。当年奥德修斯也没有。足智多谋的奥德修斯关键时刻行动果断，当即将那些吃了萎陀果的船员绑回船上，鞭打他们，让他们在幽暗的大海上尽力划桨，一路返回家园。

而我呢，只能一路哭泣，像个乞丐一样沿江乞讨，寻求神话传说、历史记忆。我知道，这是我们灵魂生存的生命线。而功夫不负有心人，父亲，我找到了——在每一座古镇，总有那么一两位风烛残年的老人，他们上知天文，下知地理，熟知本地的神话传说、历史掌故，并乐于向一个外乡人倾诉。他们甚至对我说：“很久以来，我们一直在找像你这样一个人，从来就没有遇见过……”

父亲，我找到了！尽管困难重重，尤其是面对严酷现实，深感自己无能为力，但相信记录这一切，是有意义的……

——当然，放到历史的长河中看，你所做的这点点滴滴，必汇入浩荡江海，得以长存。

——父亲，还有好消息告诉您：去长江边的旅行，让我如鱼得水，反过来游回课堂，坚守了岗位。如今站在课堂上，感觉就像一名船夫站在船头，迎着滔滔江水——

船到滩头水路开，水府三官要钱财。

想要钱财拿给你，保佑船儿上滩来。

小小鱼儿红了鳃，上河又在下河来。
上河去把灵芝采，下河去吃土青苔。

一想到能将这些采风所得，如上好的种子撒向沃土，种入孩子们的心灵，我就信心倍增；至于自身那点儿荣辱得失，早就被阵阵江风吹得无影无踪了。

——仰赖天恩祖德，我的孩子，愿你做一名播种者，并辛勤耕耘。为父在天之灵和祖先神灵一并祝福你……

——父亲啊父亲，我时时都能感觉到，人生在世，还有什么比这更幸福、更幸运的事情！

第十三夜 ———— 莪相归来

——父亲，今天是中秋，您那里的月亮一定很圆，方圆在您那儿或许是另一个样子，月亮也会是不同的质地与色泽不是吗？

——我的孩子，父亲看不见月亮；父亲就在月亮上，在环形山的笑容里；父亲没了身形，因此身轻如燕到处飞。

——父亲啊，我还留在故乡举头望明月，而今日中秋，我就跟您说说故乡。今天这个时代看似比从前好很多，但奇怪的是，大家都要走，在我身边，几乎所有“有条件”的家庭，都把孩子送出了国，出去做什么还不知道，反正先离开这里。一时间，《小别离》风靡一时——原先是一部小说，后来改编成电视剧，说的就是这些离家的孩子和离散的家庭。

父亲，昨晚我还在《说文解字》课堂上说：这是一个危险的信号：本应同舟共济的人们，却纷纷弃船而逃。可想而知，这条船的命运将会如何？可我还是愿意留在这里，好像小时候在电影中看见的坚守无名高地的战士，面带伤痕，头上扎着白布条，心里默念着人在阵地在，向我开炮，向我开炮之类的，有时自己想想也好笑；只是真的苦苦坚守在这里，好像只要我不投降，这无名高地就不会失守。

——我的孩子，你做得对。这种情形类似解放初，我作为进步青年，挽留那些原中央大学的老先生，劝他们别去台湾，而留在大陆建设新中国。比如，像德高望重的韩儒林先生，去了台湾又返回大陆，说在那里不受待见。而留下来之后，也遭了很多罪。

——回想起来，我们大钟新村的原住民中，不乏“莪相”(Ossian)，这批民国时期最后一批遗老遗少，在我眼里，是那样沉默、隐忍，令人肃然起敬；后来我去北京多年，像这样的老先生，再没见过；他们让我想起莪相的故事……

——是的，那个爱尔兰传奇人物，我从前跟你讲起过的，莪相的父亲是爱尔兰民族英雄芬恩，而莪相本人被海神带到海外的一个青春仙岛，娶了海神的女儿为妻，在那里度过了三百年的快乐时光。但是，莪相思念故国，总想回爱尔兰看看。但预言警告他，一旦踏上爱尔兰的土地，他就再也回不来了，再也不能与青春美貌的妻子团圆，而且即刻将变成一个双目失明的白发老人。但莪相还是要回去。他的妻子无奈，就送他一匹白马，让白马载着他回爱尔兰——只要他的脚不碰到爱尔兰的土地，白马还能带他回来。可是，当莪相骑着白马回到故乡爱尔兰，看见牧场上有一块大石头，莪相就问一个牧人：“您愿意来这里把这块石头翻过来吗？”牧人说：“不成，这块石头太沉，我搬不动，二十个像我这样的人也搬不动。”莪相便骑马来到石头跟前，俯身把石头翻过来，石头下面就现出一把巨大的芬尼亚号角，呈海螺形状。按规定，任何一个爱尔兰的芬尼亚人吹响这个号角，其他人无论在这个国家的什么地方，都要立即聚集起来。但号角就在眼前，莪相却够不着，他又问牧人：“您愿意把那只号角递给我吗？”牧人说：“不行，这只号角太沉，我拿不动，二十个像我这样的人也拿不动。”于是，莪相就探身取那只号角，一不小心从马上掉下来，一脚踏上了爱尔兰的土地。这时，白马立刻不见了，莪相从此就留在了故乡爱尔兰，变成一个盲眼的白发老人。

——父亲啊，回想起来，父亲，我们大钟新村确曾住着一群“莪相”，他们告别了异国他乡的幸福生活，骑着白马返回故乡，只为探取那只号角，唤醒一个古老的民族。

——可号角尚未吹响，自己却已变成盲眼的白发老人，孤苦伶仃，在屈辱和悲惨之中结束了生命。所有这些，我们都曾亲身经历，你们从小也都看在眼里。

——是的，我们从小都看在眼里。可是父亲啊，您们已然绽放，像焰火一样照彻夜空，并在孩童心中播下光明的种子。父亲，有时我发现，自己就是莪相，像先辈那样，在周游列国之后返回故土，即使变成一个盲眼的白发老人，仍指望有一天能吹响号角！

第十四夜 ——— 温哥华海边

父亲啊，我们一家人来到温哥华海边，您的小孙儿醒醒转眼已经九岁了，他看见海边的草丛中有两朵喇叭花并蒂盛开，就忽然停下来说——

“我来给你们讲个故事吧：从前有两朵喇叭花，他们结婚了，所有植物都来参加他们的婚礼，豆荚是婚礼的主持人。我的故事讲完了。”

父亲，当我细看那两朵纯白的喇叭花，忽想起您和母亲当年的婚礼……您看，我们的孩子，一点儿也不用担心，他已然将父亲心中的葬礼变成一场婚礼，所有植物都来参加，豆荚是婚礼的主持人……

——这一点跟你很像，我的孩子，你从小也常被季节的变化，或身边的一草一木所感动，常常半夜起来捉一只蟋蟀，或夏天的傍晚，爬到树上捉知了。问你为什么，你就说：“我听见它们在叫我呢。”

——是的，父亲，什么都遗传，您听听我和孩子的对话——

——嗯。

——爸爸，爷爷到哪里去了？

——爷爷到风里去了。

——风到哪里去了？

——风到海上去了。

——海到哪里去了？

——海呀，哪儿也没去，它一直在这里陪着我们呢。

父亲，您正像海一样，始终陪伴着我们。一如此刻，我们正坐在海边长椅上，敞开心扉，说心里话：父亲，自从您离去，白天对于我也是夜晚；长夜漫漫，除非您乘风归来……

天如人愿，阵阵海风吹来吹去，在生死之间；正当我们在风中畅谈，侧身一看，原来这海边的每张长椅上，都铭刻着生者对逝者的祝福与思念。我们一路看过去——

Do not complain about the rain，think of all the raindrops that are missing you.

（不要抱怨雨，想想每一滴雨，都是对你的思念。）

He died far away but his heart was always here.

（他在远方去世，他的心常在这里。）

Look inside yourself，for all the answer are within.

（关注你的内心，所有答案都在其中。）

Come share a quiet moment beside the sea with love from your family.

（带着家人对你的爱，来海边分享这片刻宁静。）

“Blessed are the meek，for they will inherit the earth.”

（“温柔的人有福了，因为他们必承受地土。”）

Say good night to the water.

（跟海水说晚安。）

May you grow up to be righteous，may you grow up to be true，may you always know the truth and see the lights surrounding you，may you always be courageous， stand upright and be strong.

（愿你成长为一个公正、诚实的义人，愿你始终明了真理，看见周遭的光，愿你始终勇敢、正直而又坚强。）

——“爸爸，这最后一句话像是写给我的。”醒醒说。

——是的，是爷爷写给你的。

——父亲啊，我又听见您的声音，忽远忽近，而刹那间，我们祖孙三代，就在这海风中团聚。

在此，请原谅我略去了生者与逝者的姓名：人类本是沧海一粟，无论生死，在海上都是灵魂，而灵魂是一体，随风聚散，都听见彼此的心跳、呼吸。

而此刻，父亲，您却沉默了，我只听见海上微风，寂静蝉鸣。

后 记

想起近十年前，我的孩子刚出生，爷爷就抱着他，逗他玩，喜欢得不行，却感叹："哎呀呀，生晚了生晚了。"我当时只略有所感，并没有太在意，如今回想起来，才体会到个中伤悲：是啊，孩子出生那年，爷爷已经八十四岁了；爷爷欣喜之余，自然也意识到了什么……果然，孩子三岁那年，爷爷去世，随后两年，奶奶也离开了人间。短短数年，经历如此生死变故，对我而言，整个世界不再是从前的样子。

回头想来，不仅是我，这也是从古至今，每个人，每个家庭所必经的生死交替。而活在生死间，作为儿子，同时也是父亲，我有许多心里话想告诉孩子，告慰父亲。这样一想，就断断续续，写下《父子夜谈》：上篇记录初为人父的喜悦和对新生儿的祝福；下篇则记下在冥冥之中，与父亲的夜谈，生死交织，时光无限。

本来并没有打算发表，以为只是个人的回忆与思念。而回头再看，才发现这“夜谈”无意间触及到一个普遍主题：即在当今时代，如何找到“灵性的自我”，以及父子之间的血脉传承。就我个人而言：从前父母是天地，如今天地成了父母；而对父母的思念，乃至对祖先的追忆，成了我生命的源泉，灵魂的根基。

我的父母曾用自己的肩膀扛住了黑暗，以他们一生的慈爱，保护了我的天性良知，让我能在这动荡世代，安身立命，并至今思如泉涌，创造不息。我想，个中必有原因。这样想来，呈献这本小书是有意义的——

一句话，活在生死之间，家在哪里？心灵如何回家，回归故国家园，初衷本心？这正是“父子夜谈”所探讨的，也是当今时代面临的最重要课题。

2017年元月

图书在版编目（CIP）数据

父子夜谈 / 王以培 著. -- 北京：作家出版社，2018. 1(2018. 4重印)
ISBN 978-7-5063-9408-6

Ⅰ. ①父… Ⅱ. ①王… Ⅲ. ①散文集－中国－当代
Ⅳ. ①I267

中国版本图书馆CIP数据核字（2017）第062379号

父子夜谈

作　　者： 王以培
责任编辑： 王淑丽
装帧设计： 孙惟静
出版发行： 作家出版社
社　　址： 北京农展馆南里10号　　**邮　　编：** 100125
电话传真： 86-10-65930756（出版发行部）
86-10-65004079（总编室）
86-10-65015116（邮购部）
E-mail:zuojia@zuojia.net.cn
http://www.haozuojia.com（作家在线）
印　　刷： 北京通州皇家印刷厂
成品尺寸： 145×210
字　　数： 60千
印　　张： 4.625
印　　数： 5001-10000
版　　次： 2018年1月第1版
印　　次： 2018年4月第2次印刷
ISBN　978-7-5063-9408-6
定　　价： 30. 00元